한국에서도
이 고양이가
사랑받기를
바랍니다 ∵

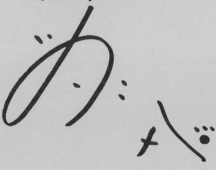

세상에서
고양이가
사라진다면

세상에서
고양이가
사라진다면

가와무라 겐키

이영미 옮김

소미미디어
Somy Media

차례

만약 세상에서 갑자기 고양이가 사라진다면.

이 세상은 어떻게 변하고, 내 인생은 어떻게 달라질까.

만약 세상에서 갑자기 내가 사라진다면.

이 세상은 아무런 변화 없이 여느 때와 똑같은 내일을 맞게 될까.

시시한 망상이라고 당신은 생각할지 모릅니다.

하지만 믿어주길 바랍니다.

지금부터 써나갈 내용은 지난 이레 동안 나에게 일어난 일입니다.

너무나 불가사의한 이레였죠.

그리고 나는 머지않아 죽습니다.

왜 이렇게 되었는가.

그 이유에 관해 지금부터 쓰려고 합니다.

분명 긴 편지가 되겠죠. 그래도 마지막까지 함께해주길 바랍니다.

그리고 이것은 내가 당신에게 보내는 처음이자 마지막 편지가 될

것입니다.

그렇습니다. 이것은 나의 유서입니다.

월요일
악마가 찾아오다

죽기 전에 하고 싶은 일은 채 '열' 가지도 안 됐다.

예전에 본 영화였다. 주인공은 죽음을 눈앞에 두고 열 가
지 목록을 만들어갔다.

하지만 그런 건 거짓말이다.

아니, 꼭 거짓말이랄 것까진 없겠지만, 그 목록에 적는 내
용은 보나마나 별 볼 일 없을 게 빤하다.

응? 왜 그렇게 생각하느냐고?

그야, 뭐. 나도 시도해봤다는 얘기지. 부끄럽긴 하지만,
그 '열' 가지 목록을 말이다.

그것은 이레 전이었다.

나는 좀처럼 떨어지지 않는 감기 때문에 애를 먹으면서도 매일같이 우편배달 일을 하고 있었다. 미열이 계속되고 오른쪽 머리가 욱신욱신 쑤셨다. 약국에서 약을 사 먹고 어떻게든 버텨봤지만(잘 아시는 대로 나는 병원을 끔찍이 싫어한다), 이 주일이 지나도록 낫지 않아서 결국은 병원에 가기로 했다.

그랬더니 감기가 아니었다.

뇌종양. 4기.

이것이 의사가 나에게 내린 진단이었다. 남은 생명은 길어봐야 반년, 자칫하면 일주일 후도 장담할 수 없단다. 방사선 치료, 항암 치료, 말기 완화의료, 의사가 여러 가지 선택지를 제시했다. 그러나 귀에는 전혀 들어오지 않았다.

어린 시절. 여름방학에 수영장에 다녔다. 파랗고 차가운 수영장으로 뛰어든다. 첨벙. 뽀글뽀글 뽀그르르. 몸이 가라앉는다.

"준비운동부터 제대로 해야지."

어머니의 목소리가 들린다. 그러나 물속에서는 그 소리가 웅얼웅얼 흐려져서 잘 들리지 않는다. 까맣게 잊고 지냈던 '소리의 기억'이 되살아났다.

길고 긴 진찰이 끝났다.

나는 의사의 말이 끝나기가 무섭게 가방을 바닥에 떨어뜨리고 휘청거리는 발걸음으로 병실에서 나왔다. 의사가 부르는 소리도 무시하고, "으아아악—!!!" 절규하며 병원을 뛰쳐나와서는 길가는 사람과 부딪치고 넘어지고 뒹굴다가 다시 일어나 볼품없이 팔다리를 버둥거렸다. 그렇게 달리고 또 달려서 다리 가장자리까지 다다랐지만 더는 움직일 수 없게 되었고, 급기야 바닥을 엉금엉금 기며 오열했다……는 건 거짓말.

이럴 때 인간은 뜻밖일 정도로 침착한 존재다.

내가 그때 맨 먼저 떠올린 것은 집 근처 마사지 숍 적립 카드에 도장을 하나만 더 찍으면 무료 서비스 쿠폰으로 교환할 수 있다는 것과, 화장실 휴지와 세제를 잔뜩 산 지 얼마 안 됐다 같은 시시한 생각들이었다.

그러나 슬픔은 뭉근하게 서서히 다가온다.

나는 아직 서른 살이다. 지미 헨드릭스나 바스키아보다는 오래 살았지만, 채 이루지 못한 뭔가가 있을 것 같은 기분이 들었다. 이 세상을 위해 오직 나만이 할 수 있는 일. 틀림없이 있을 것이다.

그렇기는 하지만, 그게 무엇인지는 당연히 알 수 없는 일이었고 그저 멍하니 걷고 있는데, 역 앞에서 어쿠스틱기타를 멘 청년 둘이 소리 높여 노래를 부르고 있었다.

언젠가는 끝날 인생. 그 마지막 날이 올 때까지
하고픈 일을 하고 또 하고 다하며
그렇게 내일을 맞으리

바보들. 상상력이 없다는 건 저런 걸 두고 하는 말일까. 평생 역 앞에서 노래나 불러라.

이루 말할 수 없이 애가 탔고, 그러면서도 압도적으로 어찌 해야 좋을지 알 수 없는 상태로 나는 꽤 긴 시간을 들여 천천히 집으로 돌아왔다. 쿵쿵 소리를 울리며 계단을 올라가 얇팍한 문을 열고 비좁은 방을 본 순간, 마침내 절망이 나를 엄습했다. 나는 말 그대로 눈앞이 캄캄해졌고 그 자리에 쓰러졌다.

몇 시간이나 지났을까. 나는 현관에서 눈을 떴다.

흰색과 검은색과 회색이 어우러진 동그란 덩어리가 눈앞에 있었다. 그 덩어리가 "야옹" 하고 울었다. 초점이 맞는다. 고양이다.

이 녀석은 사랑스러운 나의 고양이. 어느덧 사 년이나 나와 단둘이 살고 있다.

고양이가 곁으로 다가왔다. 또다시 "야옹" 하고 걱정스러운 듯이 울었다. 일단 아직은 죽지 않은 모양이다. 몸을 일으켰다. 여전히 열은 남아 있고, 머리는 아프다. 죽음은 현실 같다.

"처음 뵙겠습니다!"

생뚱맞다 싶을 정도로 밝은 목소리가 집 안에서 들려왔다.

안을 들여다보니 거기에는 내가 있었다.

아니, 나는 여기 있으니, 정확히 말하면 내 모습을 한 타인이 있었다.

'도플갱어'라는 말이 맨 먼저 떠올랐다. 예전에 읽은 책에 쓰여 있었다. 죽는 순간에 나타나는 '또 하나의 나'다. 급기야 머리까지 이상해져 버린 걸까, 아니면 벌써 저승사자가 데리러 온 것일까. 나는 정신을 잃을 지경이었지만, 가까스로 버텨내며 당장 눈앞에 벌어진 상황에 대처하기로 했다.

"저어…… 누구신지?"

"누구일 것 같아요?"

"으으음…… 저승사자?"

"아깝다!"

"아깝다?"

"난 악마예요!"

"악마?"

"그래요, 악마랍니다!"

이런 웃지 못할 우여곡절 끝에 (지나칠 만큼 가볍게) 악마
가 등장했다.

악마를 본 적이 있는가?

나는 봤다.

진짜 악마는 얼굴도 검지 않고, 뾰족한 꼬리도 없다. 창
같은 건 절대 안 들었다.

악마는 내 모습을 하고 있었다. 도플갱어의 정체는 악마
였던 것이다!

쉽게 받아들일 수 있는 상황은 아니었지만, 나는 일단 눈
앞에 나타난 지나치게 쾌활한 악마를 너그~러이 받아들이
기로 했다.

찬찬히 살펴보니 얼굴이나 체형은 나랑 완전히 똑같지

만, 악마의 패션은 상당히 달랐다. 나는 기본적으로 흰색이나 검은색 옷만 입는다. 검은 바지에 흰 셔츠에 검은 카디건. 그런 느낌의 모노톤한 남자다. 어머니는 옛날부터 "또 똑같은 옷을 사왔니?"라며 핀잔을 주었지만, 정신을 차려 보면 결국은 또 똑같은 옷을 손에 들고 만다.

그와는 반대로 악마는 화려하다. 야자수에 미국 자동차 등이 그려진 샛노란 알로하셔츠에 반바지. 머리 위에는 선글라스가 얹혀 있다. 밖은 아직 꽤 쌀쌀한데, 여름 기분에 한껏 젖어 있다.

내가 표현할 길 없는 조바심에 어찌할 바를 몰라 허둥거릴 때, 악마가 가볍~게 말문을 열었다.

"그건 그렇고, 어쩔 셈이에요?"

"네?"

"얼마 안 남았잖아요, 생명이."

"아 네, 뭐."

"뭘 할 거죠?"

"글쎄요, 일단 '죽기 전에 하고 싶은 일 열 가지'를 생각해 보려고요."

"그거 혹시 그 영화 같은 느낌으로?"

"네에, 뭐."

"그런 낯 뜨거운 짓을 하시겠다?"

"그건 좀 아닐까요……."

"아, 정말 싫다. 다들 많이 하더라고, 그런 걸. '죽기 전에 하고 싶었던 일을 다 해버리겠다!'는 식으로. 누구나 한 번쯤은 거치는 길이긴 하죠……. 두 번째는 없습니다만!"

악마가 저 혼자 폭소를 터뜨렸다.

"웃기진 않은데……."

"아, 아하, 그렇죠. 그야 물론이죠! 뭐든 시도해봐야 하는 법. 자, 당장 목록을 만들어봅시다!"

그런 연유로 A4용지에 '죽기 전에 하고 싶은 일 열 가지'를 써보기로 했다.

그건 그렇고, 이제 곧 죽는다는데 나는 지금 뭘 하고 있는 걸까. 너무나 한심스럽고 슬퍼서 글을 써내려가면서도 머릿속이 혼란해졌다.

그럼에도 나는 어깨 너머로 들여다보는 악마의 시선을 애써 외면하며, 그리고 사랑하는 고양이에게 몇 번이나 종이를 짓밟히면서(세상 여느 고양이들과 마찬가지로 우리 고양이도 종이라면 사족을 못 쓴다) '죽기 전에 하고 싶은 일 열 가지'를 가까스로 완성해냈다.

1 제트기에서 스카이다이빙

2 에베레스트 등정

3 페라리로 아우토반 질주

4 만한전석(*滿漢全席, 이삼 일에 걸쳐서 먹는 온갖 산해진미를
   모은 중국의 코스요리)

5 건담 타기

6 세상의 중심에서 사랑 외치기

7 나우시카와 데이트

8 길모퉁이에서 커피를 든 미인과 부딪치고, 그로부터 연
   애로 발전

9 억수 같은 비 속에서 비를 긋다 예전에 짝사랑했던 선배
   와 재회

10 사랑하고 싶다……

"뭡니까, 이게─?"

"아니, 그냥……."

"자기가 무슨 중학생인 줄 아나! 아 진짜, 나까지 낯 뜨겁
네, 이건 아니지."

"……죄송합니다."

"6번 같은 건 완전 장난 아닙니까."

"그러네요."

"말도 안 돼."

한심스럽다. 고민한 결과가 이 모양이다. 기분 탓이겠지만 사랑해 마지않는 고양이마저 어이가 없다는 듯 가까이 다가오지 않았다.

내가 풀이 죽어 있자, 악마가 내 어깨를 탁탁 두드리며 말을 건넸다.

"흐음, 뭐 일단, 첫 번째 스카이다이빙부터 당장 시도해 봅시다. 저축한 돈 찾아서 공항으로 고!!!"

그리하여 두 시간 후에 나는 제트기를 타고 지상 3000미터 지점에 있었다.

"자, 뛰어내려요!"

악마의 쾌활한 목소리에 떠밀리듯 나는 드높은 창공에서 뛰어내렸다.

그렇다. 이것이 나의 꿈이었다. 눈앞에 펼쳐진 파란 하늘. 장엄한 구름. 무한히 펼쳐지는 지평선. 드넓은 하늘에서 지구를 본 순간, 사람의 가치관은 반드시 뒤바뀐다. 사소한 일상 따윈 잊어버리고, 이 대지에 살아 있는 기쁨을 만끽할 수 있다.

그런 말이 어딘가에 쓰여 있었다. 하지만 그런 일은 일어나지 않았다.

나는 이미 뛰어내리기 전부터 진저리를 쳤다. 춥고, 높고, 무섭다. 사람들은 대체 뭐가 좋다고 이런 짓을 할까? 나는 정말로 이런 걸 하고 싶었던 걸까? 하늘에서 떨어져 내리며 나는 멍하니 그런 생각에 잠겼다. 그리고 또다시 문자 그대로 눈앞이 캄캄해졌다.

다음에 정신을 차렸을 때는 내 방 침대에서 자고 있었다.

야옹 하는 고양이 울음소리에 또다시 눈을 떴다. 몸을 일으키자, 머리는 여전히 지끈지끈 쑤셨다. 역시 꿈은 아니었던 걸까.

"아 정말, 좀 어지간히 합시다."

알로하(앞으로는 악마를 마음속으로 이렇게 부르기로 했다)가 옆에 있었다.

"폐를 끼쳐서 죄송합니다."

"진짜로 죽을 뻔했잖아요……. 뭐 하긴, 어차피 곧 죽겠지만!"

알로하는 저 혼자 낄낄 웃어댔다.

나는 말없이 고양이를 끌어안았다. 따뜻하고 부드럽다.

보송보송한 감촉. 평소에는 무심하게 앉았지만, 이제는 이게 바로 생명이구나 하는 느낌이 절절히 들었다.

"그건 그렇고…… 죽기 전에 하고 싶은 일 같은 건 별로 없을 것 같아요."

"그래요?"

"기껏해야 열 개도 안 될 거예요. 게다가 있다손 치더라도 보나 마나 하찮은 것일 테고요."

"뭐, 그럴지도 모르죠."

"그건 그렇고, 당신……."

"나요?"

"여긴 왜 왔죠? 아니, 뭘 하러 온 겁니까?"

그러자 알로하가 미소 띤 지금까지의 표정을 확 바꾸며 섬뜩하게 웃었다.

"그걸 물으시겠다? 그럼, 가르쳐드릴까."

"자, 잠깐만요."

순식간에 표정이 바뀐 알로하에게 순간적으로 압도당한 나는 머뭇거렸다. 안 좋은 예감이 들었다. 여기는 신중하게 임해야 할 대목이다. 본능이 그렇게 외치고 있었다.

"왜 그래요?"라고 알로하가 물었다.

나는 천천히 심호흡을 하며 마음을 가라앉혔다. 괜찮아.

얘기만 듣는 것뿐이면 아무 문제도 없을 거야.

"아뇨, 아무것도 아닙니다. 가르쳐주시죠."

"음, 실은…… 당신은 내일 죽어요."

"네?!"

"내일 죽어요. 난 당신에게 그 얘기를 전하러 왔어요."

나는 절망했다. 지금까지도 크고 작은 절망을 경험하며 살아온 인생이었다. 하지만 진정한 절망의 정점은 여기까지인가 하는, 기겁할 만큼 압도적인 무력감이었다.

넋이 나가 말문이 막혀버린 나를 보고, 알로하가 쾌활하게 입을 열었다.

"아이, 너무 침울해지진 말아요~. 내가 그런 당신에게 빅찬스를 준비해왔으니까!"

"……빅찬스?"

"당신, 이대로 죽고 싶어요?"

"아뇨, 살고 싶죠. 살 수만 있다면, 그렇단 말이지만."

숨 쉴 사이도 없이 알로하가 말을 이었다.

"방법이 한 가지 있긴 한데."

"방법?"

"마법이라고 해야 할까? 당신의 수명을 늘릴 수 있어요."

"정말입니까?"

"다만, 한 가지 조건이 있어요. 요컨대 이 세상에는 반드시 지켜야 할 원칙이 있다는 뜻이지."

"그 말은?"

"뭔가를 얻으려면, 뭔가를 잃어야 한다, 라는 겁니다."

"……그럼, 전 어떻게 하면 되나요?"

"딱히 어려울 건 없어요. 간단한 거래만 해주면 되니까."

"거래?"

"그래요."

"어떤 거래죠?"

"이 세상에서 뭐든 한 가지를 없앤다. 그 대신 당신은 하루치 생명을 얻는 겁니다."

선뜻 믿기지 않는 얘기였다.

제아무리 죽음이 코앞에 닥쳤다 해도 내 머리가 그렇게까지 이상해지지는 않았다. 이것이 이른바 '악마의 속삭임'이라는 걸까? 아니, 그런 것치고는 너무 간단하다. 다른 무엇보다 대체 무슨 권한으로 이 알로하라는 자에게 그런 게 허용됐을까.

"무슨 권한으로? 라고 생각했겠죠."

"네? 아뇨, 아뇨……."

이 녀석, 진짜 악마 맞나? 사람의 마음을 꿰뚫어 볼 수 있나?

"사람의 마음쯤은 간단히 꿰뚫어 봐요. 어쨌거나 일단은 악마니까."

"으—음……."

내가 입을 다물어버리자, 알로하가 갑자기 쾌활한 말투로 돌아가 말을 이었다.

"그렇다나 뭐라나! 깜짝 놀랐어요? 깜짝 놀랐죠? 아아, 역시 진지하게 얘기하는 건 피곤해. 나한테는 이런 모드가 영 안 어울린단 말이야."

"무슨 소리죠, 갑자기?"

"아니, 그러니까 진지한 얘기라서 확실하게 악마적으로 얘기할까 했죠. 어쨌거나 난 악마니깐!"

"그만해요, 제발."

"죽는 줄 알았어요? 뭐, 이건 농담이지만, 이 거래는 진짜예요!"

"어? 진짜라고요?"

"자 그럼, 내가 이 거래에 이르게 된 내막을 들려드리지. 도무지 믿질 않으니—."

그러고는 알로하가 얘기를 시작했다.

"창세기 알아요?"

"성서에 나오는? 알긴 알지만, 읽은 적은 없습니다."

"그렇군…… 그걸 읽었으면 얘기가 빠를 텐데."

"죄송합니다."

"뭐, 어쨌든 시간 단축! 간단히 설명하자면, 하느님은 이레 만에 이 세상을 만드셨어요."

"흐음…….'

"그 말 안 믿나? 진짠데. 그도 그럴 게 난 악마잖아. 옆에서 지켜봤거든."

그런 장엄한 얘기를 하기에는 너무 가볍고 산만한 분위기였지만, 일단은 조용히 들어보기로 했다.

"먼저 첫날. 세상은 암흑이었어요. 하느님이 그곳에 빛을 만들어서 밤과 낮이 생겼단 말씀."

'생겼단 말씀'이라니…… 그렇게 간단히 마칠 수 있는 얘기는 아닌 것 같은데.

"그리고 이틀째. 하느님은 하늘을 만들었고, 사흘째에 땅을 만들었죠. 천지창조예요! 그래서 바다가 생겨나고, 식물이 싹을 틔운 겁니다."

"엄청나게 장대한 이야기네요."

"그렇지! 그리고 나흘째에 태양과 달과 별을 만들어서 우주 탄생! 나아가 닷새째에는 물고기와 새, 엿새째에는 짐

승과 가축. 마지막으로 하느님은 당신의 모습대로 '사람'을 만들었단 말씀. 드디어 인간의 등장이죠!"

"천지 창조, 우주 탄생, 그리고 인간의 등장이군요."

"당신, 정리 잘하네—!"

"그럼, 이레째는?"

"이레째는 휴일! 하느님도 역시 휴일이 필요한 법!"

"일요일이군요."

"그렇지! 바로 그거야. 그나저나 대단하지 않아요? 이레만에 전부 해치웠단 말이죠. 하느님, 정말 대단해요. 진짜 존경스러워!"

존경이니 뭐니 하는 수준은 초월한 대상 같은데…… 아무튼 다음 얘기를 들어보자.

"그래서 맨 처음 만든 인간이 아담이라는 남자. 그런데 남자뿐이면 외롭겠다 싶어서 남자의 갈비뼈로 이브라는 여자를 만들었죠. 한데 그 두 사람이 너무 유유자적하게 지내서 내가 하느님께 제안을 했지. 그 사과나무 열매를 먹도록 유혹해도 되겠냐고."

"사과나무 열매?"

"네에, 그들이 살았던 에덴동산에서는 뭐든 먹고 뭐든 할 수 있었어요. 게다가 불로불사였단 말이죠. 하지만 그 두 사람이 유일하게 해서는 안 되는 게 있었어요. 그게 바로 '선악을 알게 하는 나무'였던 사과나무의 열매를 먹는 거였죠."

"그렇군요."

"그런데 말이지, 내가 유혹을 했더니만 두 사람이 그걸 홀랑 먹더라고."

"너무해. 역시 당신은 악마였군요."

"아아, 진정하시고. 그래서 아담과 이브는 낙원에서 추방됐고, 인간은 불로불사할 수 없게 됐고, 어처구니없는 다툼과 쟁탈의 역사가 시작된 겁니다."

"이런 못된 악마 같으니—."

"아니, 뭐 그 정도까지야. 그래서 하느님이 도중에 당신의 아드님…… 예수님을 지구로 보내기도 했습니다만, 그런데도 좀처럼 인간의 반성을 이끌어내진 못했죠. 급기야 예수님을 죽이기까지……."

"그 부분은 알아요."

"그런데 인간은 그 후로도 점점 더 온갖 것들을 멋대로 만들어냈어요. 필요한지 어떤지도 알 수 없는 것들을 그야말로 끝도 없이."

"그건 그렇죠."

"그래서 내가 제안했지, 하느님께. 내가 지구로 내려가서 뭐가 필요하고 뭐가 필요 없는지 인간에게 결정하게 해도 되겠냐고. 그래서 하느님이랑 약속한 겁니다. 인간이 뭔가를 없애면, 대신에 그자의 수명을 하루 연장시켜 주기로. 그 권리를 얻은 거죠. 그렇게 된 거예요. 그래서 이리저리 찾아다니는 겁니다. 거래할 상대를 말이죠. 지금까지 여러 사람과 거래를 했어요. 정말로 다양한 사람들이 있었죠. 참고로 당신은 108번째예요!"

"108번째?"

"그래요! 의외로 적죠? 이 세상에 고작 108명. 그러니 당신은 더할 나위 없는 럭키보이란 말이죠! 세상에서 뭐든 한 가지만 없애면, 하루 수명이 늘어나는 거니까. 어때요? 괜찮은 거래죠?"

너무나 당돌한 제안에 머릿속이 혼란스러웠다. 황당하기 짝이 없었다. 흡사 홈쇼핑 프로그램의 캠페인 같은 제안이다. 이런 가벼운 거래로 생명을 간단히 연장할 수 있을 리 없다. 하지만 믿느냐 안 믿느냐를 떠나서 어쨌거나 거부할 수 있는 내기는 아니었다. 어차피 죽게 되어 있다. 두려울 것도 잃을 것도 없다.

나는 새삼 다시 현재 상황을 정리해봤다.

세상에서 뭐든 한 가지를 없애면, 생명이 하루 연장된다.

삼십 개면 한 달. 삼백육십오 개면 일 년.

이 얼마나 간단한 거래인가. 애당초 이 세상은 하찮은 것들과 잡동사니로 넘쳐흐른다. 오므라이스 위에 얹은 파슬리, 역 앞에서 공짜로 나눠 주는 휴지, 두툼한 가전제품 설명서, 그리고 수박씨. 언뜻 생각해봐도 불필요한 것들이 잇따라 떠올랐다. 제대로 맘먹고 정리하면, 백만 개나 이백만 개는 언제 사라져도 상관없는 물건이겠지.

나의 수명을 칠십 년이라고 치면, 남은 세월은 사십 년.

그렇다면 앞으로 일만사천육백 개의 뭔가를 없애나가면 수명에는 변함이 없다. 그 후로도 더 많이 없애면, 백 년이고 이백 년이고 계속 살 수 있을지도 모른다.

알로하의 말대로 인간은 몇 만 년에 걸쳐 무수한 잡동사니를 만들어왔다. 뭔가가 사라진다고 해도 아무도 곤란하지 않을 테고, 오히려 세상이 심플해져서 모두들 내게 고마워할 게 틀림없다.

무엇보다 지금 내가 하고 있는 우편배달부도 사라져가는 직업이다. 십 년 후에는 존재하지 않을지도 모른다. 그러나 곰곰이 생각해보면, 세상에 넘쳐흐르는 온갖 것들은 '있으나 없으나 상관없는' 그 아슬아슬한 경계선에 놓여 있다.

어쩌면 심지어 인간 자체도 그럴지 모른다. 내가 살아가는 곳은 그런 엉터리 세상인 것이다.

"좋아요. 없애겠습니다. 수명을 늘려주세요."

나는 거래에 응했다. 막상 없애기로 결정하자, 왜 그런지 용기가 솟아났다.

"오우! 결국 응하셨군요!"

알로하는 왠지 기뻐 보였다.

"당신이 응하라고 했으면서…… 뭐, 됐어요. 그런데 뭘 없애면 되죠? 흐음, 가만있자 우선…… 이 벽에 묻은 얼룩!"

"……."

"그럼, 책꽂이에 쌓인 먼지!"

"……."

"목욕탕 타일에 낀 곰팡이!"

"……어어, 이런이런, 난 청소부 아저씨가 아니야. 감히 악마를 상대로 장난치는 거야 뭐야!"

"역시 안 될까요?"

"당연히 안 되지! 없앨 것은 내가 결정해!"

"어떻게?"

"어떻게라니…… 뭐 그냥, 그때그때 분위기에 따라?"

"분위기?"

"흐음, 뭐로 할까…….""

그러더니 알로하는 내 방을 찬찬히 둘러보았다.

저 피규어는 아니길, 저 레어아이템 운동화도 참아줬으면…… 나는 마음속으로 그런 좀스러운 기원을 하며 알로하의 시선을 좇았다.

하지만 곰곰이 생각해보면 생명을 얻는 것이다. 그야말로 악마와의 거래. 그런 간단한 걸로 끝날 리가 없다. 태양? 아니면 달? 바다 혹은 대지? 그 정도 대상을 없애버리는 걸까? 그렇게 내가 상황의 중대성을 깨달은 순간, 알로하의 시선이 탁자 위에 고정되었다.

"이게 뭐죠?"

알로하가 그 작은 상자를 손에 들었다.

흔든다. 달그락거리는 소리.

"으음, 그건…… 버섯산(*일본 메이지사에서 만든 버섯 모양의 과자)이에요."

"버섯?"

"아니, 버섯이 아니라 버섯산이요."

알로하는 이해가 잘 안 가는지 고개를 갸웃거렸다.

"그럼, 이쪽은 뭐죠?"

알로하가 옆에 있는 똑같은 크기의 상자를 손에 들었다.

"그건 죽순마을(*버섯산의 자매품으로 죽순 모양의 과자)이에
요."

"죽순?"

"아니, 죽순이 아니라 죽순마을."

"거 참, 되게 헷갈리네!"

"죄송합니다, 둘 다 초콜릿 과자예요."

"초콜릿?"

"네, 초콜릿이요."

버섯산과 죽순마을. 며칠 전에 상점가 복권 경품으로 받
았는데, 탁자 위에 올려둔 것이다. 곰곰이 생각해보면, 정
말이지 콘셉트를 이해할 수 없는 불가사의한 초콜릿 과자
다. 악마가 혼란스러워하는 것도 당연하다.

"흐음, 과연. 일본사람이 초콜릿에 정신을 못 차린다는
말은 들었지만, 설마 이 정도일 줄이야. 그건 그렇고, 왜 하
필 버섯과 죽순이었을까……."

"하긴 그러네요……. 지금껏 생각해본 적도 없는데."

"자, 초콜릿으로 할까요."

"네?"

"아이참, 이 세상에서 없애는 것 말이에요!"

"그렇게 간단하게 결정해도 되나요?"

"뭐, 처음이니까."

세상에서 초콜릿이 사라진다면.

세상은 어떻게 변할까. 나는 상상해본다.

세계 각국의 초콜릿 중독자들은 탄식하고, 울부짖고, 슬픔에 휩싸이고, 급기야 혈당치가 떨어져서 절망적인 인생을 살아가겠지.

한편, '2월 14일의 피해자들'은 갈채를 보낼 게 틀림없다. 초콜릿 회사의 음모로 탄생한 밸런타인데이라는 저주스러운 이벤트로 말미암아 지금까지 얼마나 많은 남자들이 고통을 겪어왔던가(나 또한 그중 한 사람이다).

초콜릿이 사라진 세상에서는 마시멜로나 캐러멜이 그 자리를 꿰차고 대두하게 될까. 아니, 그 정도로는 역부족일 테지. 인류는 초콜릿을 대신할 만한 새로운 과자 만들기에 매진할 게 틀림없다.

그런 생각 끝에 다음 행보를 찾아내는 것이 만족할 줄 모르는 인간의 식욕이 걸어온 길이다.

사랑스러운 고양이는 내 옆에서 조금 전에 준 '고양이밥'

을 먹고 있다. 새삼 말할 필요도 없겠지만, 고양이가 먹는 것은 먹이다. 그러나 인간은 다르다. '먹'는 '것'에 집착한다.

오로지 인간만이 시간을 들여 음식을 가공하고, 맛을 조절하고, 모양을 내고, 예쁘게 담아낸다. 초콜릿 같은 음식은 그중에서도 으뜸이다. 속에 견과류를 넣거나 쿠키에 코팅을 입히거나 버섯을 만들거나 죽순을 만들거나. 여하튼 초콜릿은 음식에 대한 지칠 줄 모르는 인간의 창작 의욕을 부추겨왔다. 그리고 먹는 것에 대한 끝없는 욕망이 인간을 진화시켜 왔다고도 할 수 있다.

그래도 나는 행운이라는 생각이 들었다.

"오늘 나는 초콜릿을 위해 목숨을 버리겠습니다!"라고 말하는 바보는 이 세상 어디에서도 찾아볼 수 없을 것이다. 초콜릿 정도로 생명을 얻을 수 있다면 행운이다. 그 정도 사물이라면 그 밖에도 얼마든지 있다. 이런 흐름으로 잇따라 사물을 없애고, 수명을 연장시켜 나가면 그만이다.

내가 악마와의 거래에서 어렴풋한 희망을 발견했을 때, 알로하의 목소리가 들려왔다.

"이거 맛있나요?"

알로하가 버섯산과 죽순마을을 번갈아보며 물었다.

"나름 먹을 만해요."

내가 대답했다.

"호오……."

"먹어본 적 없어요?"

"없죠."

"괜찮으면 드셔보시죠."

"아아 그게, 인간의 음식은 도무지 입에 맞질 않아서. 어쩐지…… 전체적으로 맛이 좀."

"흐음……."

악마가 뭘 먹는지 전력을 다해 묻고 싶은 충동에 사로잡혔지만, 그건 접어두기로 했다. 그 후 알로하는 자기 내부의 호기심에 무릎을 꿇었는지 버섯산을 들어 냄새를 맡고, 오른쪽 왼쪽으로 찬찬히 살펴보고, 다시 냄새를 맡더니 머뭇머뭇 입으로 가져갔다. 그리고 눈을 질끈 감더니 입 안으로 던져 넣었다.

정적. 오도독오도독, 버섯산을 깨무는 소리가 방 안에 울려 퍼졌다.

"어때요?"

내가 조심스레 물어봤지만, 알로하는 눈을 감은 채 입을 꾹 다물고 있었다.

"왜 그래요?"

"마……."

"괜찮아요?"

"마마……."

"어디 안 좋으세요? 구급차라도 부를까요?"

"마마…… 맛있다!"

"네?"

"뭐지, 이게! 완전 맛있어! 완전 맛있잖아! 정말 이걸 없 앨 거예요? 말도 안 돼— 너무 아깝잖아—."

"당신이 없애라면서요."

"뭐, 그야 그렇죠. 끄응, 실수였어—, 이렇게 맛있을 줄이 야. 너무 아까워—."

"그렇지만 없애지 않으면, 내가 죽잖아요?"

"뭐, 그렇죠."

"그럼, 없애겠습니다."

"파이널 앤서?"

알로하가 너무나 서글픈 듯이 미간에 주름을 잡으며 물 었다.

"……파, 파이널 앤서."

왠지 딱한 마음이 들면서도 대답하는 나.

"마, 마지막으로!"

알로하가 별안간 버럭 소리를 질렀다.

"뭐, 뭡니까?"

"딱 한 개만 더 먹어도 될까요?"

알로하가 처량한 표정으로 애원했다. 기분 탓인지 그 눈에는 눈물이 어린 것 같았다. 초콜릿이 어지간히 마음에 들었나 보군.

알로하는 내 눈치를 보며 버섯산 두세 개를 몰래 입 안에 욱여넣고, 충분한 시간 동안 음미한 후 입을 열었다.

"역시…… 이건 안 되겠어."

"엇?"

"이렇게 맛있는 걸 없앨 순 없어!"

"그게 무슨……."

그렇게 손바닥 뒤집듯이 말하면 곤란하다. 이쪽은 목숨이 달린 문제인 것이다.

머지않아 죽는다는 운명을 나 나름대로 받아들였던 건 분명하다. 그런데도 막상 생명을 연장할 수 있을지도 모른다고 생각하니, 그것이 아무리 터무니없는 거래라도 매달리게 되었다. 죽을 때는 발버둥치지 않고, 침착하고 편안하게. 나는 그러고 싶었고, 그럴 거라 생각했다. 하지만 역시

나 죽음이 코앞에 닥치자, 지푸라기에라도(악마에게라도) 매달리고 싶어 하는 탐욕스러운 인간의 본성이 내 안에서 드러났다.

"그건 곤란해요."

나는 애원했다.

"어라? 목숨이 조금은 아까워졌나?"

"그야…… 물론이죠. 게다가 그런 개인적인 호불호로 없앨 것과 없애지 않을 것을 결정해도 되는 겁니까?"

"상관없어요. 난 악마니까."

이런 부조리가 어디 있나 하는 억울한 마음에 내 말문이 막혀버렸다. 그러자 알로하가 말을 이었다.

"아니, 아니! 너무 침울해하진 말아요! 지금부터 초고속으로 다른 걸 생각해볼 테니깐!"

급하게 얼버무린 알로하가 무시무시한 속도로 방 안을 두리번거리기 시작했다. 자기 실수를 만회하려고 안달이 난 것이 분명했다.

악마 주제에 소심하긴, 내가 싸늘한 눈빛으로 알로하를 바라보고 있을 때, 휴대전화가 울렸다. 일터인 우체국에서 걸려온 전화였다. 시계를 봤다. 어느새 출근 시간이 한참이나 지나 있었다.

전화를 건 사람은 상사였다. 지각이라고 짜증을 내면서도 어제 몸이 안 좋아서 조퇴하고 병원에 갔던 나를 염려해 주었다.

"괜찮습니다. 아무것도 아니에요. 그런데 아무래도 몸이 많이 약해진 것 같다니까 일주일쯤 휴가를 내고 싶습니다."

나는 일단 일주일 휴가를 얻는 데 성공하고, 전화를 끊었다.

"그거⋯⋯."

"네?"

"그거야."

고개를 돌려 보니 알로하가 내 휴대전화를 가리키고 있었다.

"그거 필요 없을 것 같은데."

"네? 전화요?"

"그래요. 그걸 없앱시다."

알로하가 웃었다.

"어때요? 전화랑 하루 생명을 맞바꾸는 거예요."

세상에서 전화가 사라진다면.

나는 무엇을 얻고, 무엇을 잃게 될까?

나의 상상력을 발휘해볼 틈도 없이 알로하가 다그쳤다.

"응, 어떡할 거냐고?"

"네?"

나는 생각해보았다.

하루의 생명과 전화. 흐음, 과연 어떨지.

"빨리 말 안 하면 없앱니다!"

"자, 잠깐만요!"

"20초…… 15초…… 10초, 9, 8, 7…….."

"바둑 초읽기도 아니고, 제발 좀 그만해요! 없애요! 없애자고!"

나는 대답했다. 지금 당장 판단할 수는 없지만, 머뭇거릴 상황이 아니었다.

생명과 전화. 당연히 생명이 우선이다.

"파이널 앤서?"

쾌활하게 묻는 알로하.

"……파, 파이널 앤서—."

몹시 쑥스러워하며 대답하는 나.

"자, 없앱니다—."

"앗."

"왜요?"

생각해보니 아버지에게 전화를 하지 않았다.

뭐, 그렇지만 그것도 어쩔 수 없다. 어머니가 돌아가신 지사 년. 아버지와는 단 한 번도 연락을 주고받지 않았다. 물론 만나지도 않았다. 옆 동네에서 근근이 시계방을 계속 운영한다는 얘기는 간혹 들었지만, 만나러 갈 생각을 한 적은 한 번도 없었다. 하지만 내가 곧 죽는다는데 부모에게 연락을 안 할 수야, 하는 마음도 없진 않았다.

그런 망설임을 알아챘는지 알로하가 히죽거리며 말을 건넸다.

"이해해요─. 다들 그러니까. 막상 없애기로 하면 머릿속이 복잡해지는 모양이야. 그래서 난 옵션 하나를 붙이지."

"옵션?"

"그래요. 마지막으로 딱 한 번만 없앨 물건을 사용할 수있는 권리."

"과연."

"그러니 한 번은 전화해도 됩니다. 누구에게 걸든 상관없어요."

그런 말을 들으니, 그건 또 그것대로 고민스러웠다.

역시 아버지에게…… 그런 생각이 든 건 틀림없다. 하지만 얼굴을 떠올리자, 아무래도 사 년 전의 그 일이 떠오르고 말았다. 이제 와서 무슨 얘기를 하겠다는 것인가.

나는 아버지에게 전화를 걸지 않기로 했다.

그럼, 누구? 누구에게 마지막 전화를 걸지?

소꿉친구인 절친 K에게?

그 녀석은 분명 좋은 놈이고 시간이 맞으면 지금도 자주 어울리는 친구지만, 만난 후로 지금까지 나눈 대화는 거의 다 시시한 얘기들뿐이었다.

"난 죽을 거야" 혹은 "이제 곧 전화가 사라질 거고, 이게 마지막 전화야"라는 생뚱맞은 얘기를 불쑥 하면, 보나마나 머리가 이상해졌다고 여길 게 빤하다.

"그건 뭔 개그냐?"

그렇게 끈질기게 물고 늘어지는 대화로 소중한 마지막 전화를 끝내고 싶지는 않았다.

그런 까닭에 절친 K 안건은 각하!

그렇다면 직장 선배 W는?

그 사람은 언제나 정말로 따뜻하게 나의 상담을 들어준다. 일 얘기, 사랑 얘기. 직장의 형 같은 존재다.

그렇지만 지금은 일하는 시간이잖아. 전화하면 방해되겠지.

이 상황에 처해서까지 그런 조심성이 발휘되는 순간, 그는 이미 마지막 전화 상대는 아니다 싶었다. 돌이켜보면, 애당초 그리 중요한 상담은 하지 않았다. 어쩌다 취하면 술 김(나는 맥주 한 잔에 취하는 싸게 먹히는 남자다)에 무슨 중요한 상담을 하기도 하는 관계라고 믿고 있었지만, 어떤 중요한 이야기를 했는지를 따져보면 그와의 관계 역시 심히 의심스럽다. 서로가 중요한 얘기를 하는 듯하면서도 정작 무엇 하나 속내를 드러내지 않았던 것이다.

으아아악.

최후의 순간에 최악의 상태다.

나는 휴대전화의 전화번호부를 무시무시한 속도로 스크롤했다. 친구들의 이름이 잇달아 나타났다 사라져갔다. 사람들 각각의 이름이 마치 기호처럼 느껴졌다. 내 전화번호부는 나와 관계가 있었던 것 같으면서도 전혀 관계가 없었던 수많은 사람들로 가득 메워져 있었다.

결국 이런 것인가? 내게는 인생 최후의 순간에 전화 통화를 할 만한 사람이 없다는 뜻인가? 나라는 인간이 그토록 희박한 관계성 위에 성립되어 있었다는 뜻일까? 마지막 순간에야 그런 것을 알아채다니, 너무나 슬프다.

나는 그런 상태를 알로하에게 들키기 싫어서 집에서 나와 계단에 내려앉았다.

휴대전화를 꽉 움켜쥐었다. 그러자 그 번호가 뇌리에 떠올랐다.

그것은 그 사람의 전화번호였다.

어느덧 까맣게 잊고 있었다. 그런데도 몸이 기억하고 있었다.

휴대전화에 등록되지 않은 그 번호를 나는 천천히 눌렀다.

몇 분간의 통화를 끝내고 방으로 돌아오자, 알로하가 고양이와 장난을 치고 있었다. 장난을 친다기보다 씨름이라도 하듯 맞붙은 채 이리저리 뒹굴고 있었다.

"우캬캬캬캬—— 그만해, 그만—— 우히힛!"

완전히 넋을 놓고 뒹구는 알로하를 나는 한동안 말없이 지켜보기로 했다.

삼 분 경과.

"앗."

마침내 싸늘한 내 시선을 알아챈 알로하가 겸연쩍은 듯이 몸을 일으켰다. 그러더니 내 쪽을 바라보고 쿨한 표정을 지으며 말문을 열었다.

"……끝났습니까?"

갑자기 위엄 있게 말해봐야 소용없어! 그렇게 한마디 쏘아붙이고 싶은 마음이 굴뚝같았지만 참기로 했다. 어찌 됐든 상대는 악마다.

"네, 끝났습니다."

"그럼 없앱니다——."

알로하가 환하게 웃으며 윙크(라고는 해도 윙크를 잘 못하는지 두 눈을 감았지만)를 했다.

그러자 손에 들고 있던 휴대전화가 온 데 간 데 없이 사라졌다.

"자 그럼, 내일 봐요."

그런 소리만 들렸을 뿐, 내가 시선을 들자 거기에는 이미 악마의 모습이 보이지 않았다.

"야옹."

서운해하는 듯한 고양이의 울음소리가 방 안에 울려 퍼졌다.

그 사람을 만나러 가야 해. 전화를 걸었던 그 사람을.

그런 생각을 하다 어느새 깊은 잠 속에 빠지고 말았다.

이렇게 나의 불가사의한 이레가 시작된 것이다.

화요일
세상에서 전화가 사라진다면

동거인은 고양이다.

이름은 아직 없다.

아니, 있다.

고양이의 이름은 양배추라고 한다.

당신은 이미 잊어버렸을지도 모르니, 이 고양이와의 추억을 잠시 회고하게 허락해주길 바란다.

그것은 내가 다섯 살 때였다.

어머니가 난데없이 고양이를 주워왔다. 장대비가 내리는 날이었다.

길가에 놓여 있었던 새끼고양이. 어머니가 슈퍼마켓에

다녀오는 길에 비에 흠뻑 젖은 그 고양이를 주워왔다. 고양이가 들어 있던 나가노현의 양상추 종이상자. 그것을 본 어머니는 물에 빠진 생쥐, 아니 물에 빠진 고양이를 수건으로 닦아주며 "이 애 이름은 양상추로 해야겠네"라며 이름을 붙였다.

기억하고 있을까.

어머니는 본래 동물을 싫어했다. 처음에는 양상추도 잘 만지지 못했다. 그래서 한동안은 내가 어머니를 도와 보살펴주었다.

게다가 어머니는 고양이 알레르기 증상이 나타나서 재채기가 멈추지 않았다. 어머니는 눈물 콧물을 줄줄 흘리며 한 달을 보냈다. 그러면서도 새끼고양이는 절대 남의 집에 보내지 않았다.

"이 애가 날 선택했으니까."

어머니는 그러면서 눈물 콧물로 엉망이 된 얼굴을 수건으로 훔치며 계속 키웠다.

한 달이 지난 어느 날, 어머니의 고양이 알레르기가 거짓말처럼 뚝 멈췄다. 기적이었을지도 모르고, 그저 몸이 순응했을 뿐인지도 모른다. 어쨌거나 어머니는 어느 날 갑자기 재채기, 눈물, 콧물 그 모든 것으로부터 해방되었다.

그날, 양상추가 한시도 안 떨어지고 어머니 곁에 붙어 있었던 것을 나는 지금도 떠올리곤 한다.

"뭔가를 얻으려면, 뭔가를 잃어야겠지."

당연한 거라고 어머니는 말했다. 인간은 아무것도 잃지 않고 뭔가를 얻으려고 한다. 그 정도면 그나마 낫다. 지금은 아무것도 잃지 않고, 뭐든 손에 넣으려고 하는 사람들투성이라고 한다. 그러나 그것은 가로채는 행위와 다를 바 없다. 누군가가 얻고 있는 그 순간에 누군가는 잃는다. 누군가의 행복은 누군가의 불행 위에 성립하는 것이다. 어머니는 내게 그런 세상의 규칙을 자주 들려주곤 했다.

양상추는 십일 년 동안 살았다. 그러나 마지막에는 몸에 종양이 생겨 차츰 쇠약해졌고, 순식간에 야위었고, 급기야 줄곧 잠만 자다 조용히 죽었다.

양상추가 죽은 날부터 어머니는 꼼짝도 하지 않게 되었다. 명랑하고 요리와 세탁을 즐기고, 말도 많은 사람이었다. 그런데 그런 어머니가 요리도 세탁도 전혀 하지 않았다. 집에만 틀어박혀서 매일같이 눈물로 하루를 보냈다. 하는 수 없이 내가 빨래를 했다. 식사는 매 끼니마다 어머니를 데리고 나가 근처 패밀리 레스토랑에서 먹었다.

기억하고 있을까. 그 무렵에 우리는 그 패밀리 레스토랑의 메뉴를 모조리 섭렵했다.

딱 한 달가량이 지난 어느 날이었다.

어머니가 난데없이 새끼고양이를 주워왔다. 마치 아무 일도 없었다는 듯이.

양상추를 꼭 빼닮은 새끼고양이였다. 동그랗고 흰색과 검정색과 회색의 앙상블이 멋들어진 새끼고양이였다. 너무나 꼭 빼닮아서 그 새끼고양이의 이름은 양배추라고 붙였다.

몸을 동그랗게 웅크린 그 모습을 보고, "진짜 양배추 같네"라며 어머니는 웃었다. 그때 나는 한 달 만에 어머니의 웃는 얼굴을 보았다.

그 웃는 얼굴을 보고, 나는 울었다.

울었다기보다는 눈물이 흘러내렸다는 표현이 맞을지도 모른다. 어머니가 아주 멀리 떠나 다시는 안 돌아올지 모른다는 불안감에 내내 시달렸던 것 같다.

그러나 사 년 전, 어머니는 정말로 멀리 떠나버렸다.

"무슨 인연이라니, 양상추랑 똑같은 병에 걸리다니."

어머니는 웃으며 말했다.

어머니도 양상추와 똑같이 순식간에 야위었고, 마지막에는 줄곧 잠만 자다 조용히 세상을 떠났다.

"부디 양배추를 잘 부탁하마."

어머니는 내게 말했다.

그랬는데, 설마 이런 일이 생길 줄이야.

내가 양배추보다 먼저 죽다니. 어머니는 틀림없이 어처구니가 없을 것이다.

"이럴 줄 알았으면 다른 사람에게 맡겼지."

그러면서 화를 낼지도 모른다.

정신을 차리니 아침이었다.

오랜만에 어머니 꿈을 꾸었다.

양배추가 다가와 "야옹" 하고 울었다. 보드라운 몸을 끌어안았다. 보송보송한 감촉. 따뜻하다. 나는 살아 있다.

그렇다, 전화와 맞바꿔서 하루치 생명을 얻은 것이다.

그나저나 어제 일은 어디서부터 어디까지가 사실일까. 전부 현실이었을지도 모르고, 모든 게 꿈이었다 해도 이상

하지 않다. 그런데 늘 탁자 위에 놓여 있던 휴대전화가 보이지 않았다. 아무래도 내내 계속되던 열도 가신 듯했다. 머리도 안 아팠다. 그렇다면 악마와의 거래는 진짜였을지도 모른다.

세상에서 전화가 사라졌다.

곰곰이 생각해보면 전화(특히 휴대전화!) 따윈 없애고 싶은 것들 중에 첫 번째였다.

특히 최근에는 아침에 일어나서 잠들기 직전까지 휴대전화를 만지작거린다. 깨어 있는 시간의 절반가량은 휴대전화에 정신이 팔려 있다. 책을 읽는 양이 줄었다. 신문도 안 읽게 되었다. 보고 싶은 영화도 쌓여갈 뿐이다.

전철을 타면 다들 휴대전화를 보고 있다. 영화를 보다가도 휴대전화를 보고 만다. 식사 중에도. 점심시간이 되면 휴대전화를 보고 싶어 안달이 난다. 양배추랑 있을 때도 같이 놀아주지 않고 나도 모르게 휴대전화를 만지작거린다. 그런 물건에 휘둘리는 스스로에게 몹시 염증을 느꼈다.

휴대전화는 등장한 지 불과 이십 년 만에 인간을 지배해버렸다. 없어도 괜찮았던 물건이 불과 이십 년 사이에 없어서는 안 될 물건인 양 인간을 지배하고 있다. 인간은 휴대전화를 발명하면서 휴대전화가 없을 때의 불안도 동시에 발명해버렸다.

하긴 애초에 편지가 등장했을 때도 그랬을지 모른다. 인터넷도 그렇다. 인간은 뭔가를 만들어낼 때마다 뭔가를 잃어왔다. 그렇게 생각하니 하느님이 악마의 제안을 받아들인 의미도 충분히 이해가 갔다.

그건 그렇고, 내가 마지막으로 전화를 건 상대는 누구냐고?

별로 말하고 싶진 않지만…… 그래도 밝히기로 하겠다.

첫사랑 상대다. 처음 사귄 여자친구다.

사내답지 못하다는 말은 참아주시길. 대부분의 남자가 죽을 때 첫사랑을 떠올린다고 하지 않던가. 그러니 나 역시 남들과 마찬가지로 평범한 남자라는 뜻일 뿐.

아침 햇살을 받으며 천천히 일어난 나는 라디오를 들으며 아침 준비를 했다. 커피를 내리고, 계란 프라이 하나에 토스트 한 장. 토마토를 얇게 저며 접시에 곁들였다. 아침을 먹고, 커피를 한 잔 더 마시며 느긋하게 책을 읽었다. 전화가 없는 생활. 멋지다. 왠지 갑자기 시간이 종으로 늘고,

공간이 횡으로 넓어진 것 같은 기분이 들었다.

한낮이 가까워졌다.

나는 책을 탁 덮고, 샤워실로 향했다. 살짝 뜨겁다 싶은 물로 샤워를 하고, 단정하게 개둔 옷(앞에서 말했듯이 검은색 과 흰색이다)을 입고 집을 나섰다. 나는 이제 그녀를 만나러 가는 것이다.

집에서 나온 내가 맨 먼저 향한 곳은 단골 미용실이었다. 이제 곧 죽을지도 모르는데 머리를 자르는 상황이 몹시 비 현실적으로 보일 것이라는 사실은 나도 익히 알고 있다. 아 무리 그렇더라도 옛 애인에게 조금이라도 잘 보이고 싶은 남자의 마음을 비웃지 말아주길 바란다.

머리를 말끔하게 다듬은 김에 맞은편 안경점에서 안경까 지 새로 장만한 나는 가까운 정류장으로 향했다. 나는 때마 침 달려온 초록색 노면전차로 뛰어올랐다.

평일 오전 시간이라 그런지 전차 안은 많은 승객들로 붐 비고 있었다. 평소 같으면 자리에 앉은 사람들은 하나같이 휴대전화를 보고 있다. 그러나 오늘은 달랐다. 모두 책을 읽거나 음악을 듣거나 창밖의 경치를 바라보는 등 각자의 시간을 자유로이 즐기고 있었다. 기분 탓인지 그 표정이 밝아 보였다.

사람들은 왜 휴대전화를 볼 때, 그토록 심각하고 불행한 표정을 지을까. 새삼 그런 생각이 들었다. 전차 안의 평화로운 분위기를 바라보고 있으니, 나는 왠지 단순히 내 생명을 얻은 데 그친 게 아니라 세상에도 멋진 일을 해준 것 같은 기분이 차츰 들었다.

그나저나 도대체 어떻게 된 시스템일까. 정말로 이 세상에서 전화가 사라져버렸을까.

창밖을 보니 상점가 모퉁이에 있는 메밀국숫집(양배추가 가끔씩 몰래 나가서 저기서 마른 멸치를 얻어먹는 걸 난 알고 있다) 간판에는 평소와 다름없이 전화번호가 적혀 있었다.

전차 안의 광고를 둘러보았다. 휴대전화 회사의 포스터가 비좁은 공간에 갑갑하게 붙어 있었다. 그러나 차 안에서는 아무도 휴대전화를 보지 않는다. 이게 대체 어찌된 일일까.

나는 불현듯 떠올랐다. 도라에몽. 단행본 코믹스 4권.

'돌모자'라는 도라에몽의 비밀 도구다.

그 내용은 이렇다.

평소와 다름없이 엄마 아빠에게 야단을 맞은 노비 노비타(*한국 이름은 노진구). "날 좀 가만 내버려둬!" "아무도 나한테 신경 좀 안 썼으면 좋겠어"라고 도라에몽에게 울면서 호소한다. 그래서 도라에몽이 꺼낸 도구. 그것이 바로 '돌 모자'다.

도라에몽 왈, "이 모자를 쓰면 길가의 돌멩이 같은 존재 가 될 수 있어"란다. 말인즉슨 물질로서 그곳에 분명히 존 재하고, 눈에도 보이지만, 아무도 신경 쓰지 않는 존재가 된다는 뜻이다.

노비타는 기뻐하며 그 모자를 쓰고, 한동안 방치 상태를 즐긴다. 그러나 아무래도 차츰 쓸쓸해졌고(이런 면이 역시 노 비타답다), 게다가 어찌된 영문인지 모자가 안 벗겨지게 되 어 급기야 울음을 터뜨린다(이런 면도 노비타답다). 그리고 그 눈물에 흐무러져서 모자가 벗겨지자, 엄마 아빠가 그제 야 노비타를 알아챈다. 그러자 노비타가 "누가 신경을 써주 는 건 좋은 거네"라고 말하며 끝난다. 그런 이야기였을 것 이다.

얘기가 한참 벗어나버렸지만, 나는 알로하가 구축한 시 스템이 '돌모자' 같은 게 아닐까 추측했다. 다시 말해 전화 의 존재 자체는 아마도 이 세상에서 사라지지 않았을 것이 다. 그러나 누구도 알아채지 못하고 신경 쓰지 않는, 일종 의 집단최면 상태가 되었다는 뜻이겠지. 정말로 도라에몽

같은 녀석이다.

전화는 결국 긴 세월에 걸쳐서 서서히 그 존재가 사라져 갈 것이다. 마치 길가의 돌멩이가 누구의 눈에도 띄지 않은 채, 그러면서도 확실하게 그 자리에서 소실되어 가듯이.

그렇게 생각하면, 지금껏 알로하와 만난 107명이 무엇을 없앴는지는 알 수 없지만, 그때마다 분명 사라진 게 있었다는 뜻이겠지. 단지 우리가 그것을 알아채지 못했을 뿐이다. 마치 나도 모르는 새에 좋아했던 컵이나 갓 사온 양말이 감쪽같이 자취를 감춰버리듯이.

그리고 그것은 아무리 찾아도 나오지 않는다. 절대 없어질 리 없는 물건이 없어지는 일은 그렇듯 우리가 모르는 새에 늘 일어나고 있을지도 모른다.

초록색 노면전차가 언덕을 두어 개 넘어 옆 마을까지 갔다.

나는 널찍한 광장에 있는 정류장에 내려서 약속한 시계탑으로 향했다.

마을 한복판 광장에 서 있는 시계탑. 도로가 시계탑을 빙 둘러싸고 있고, 그 주위를 레스토랑과 책방, 잡화점이 에워싼 원형 광장이 있다. 대학 시절에 그녀와 자주 이곳에서 만날 약속을 했었다.

약속 시간까지는 앞으로 십오 분. 평소 같으면 보나마나 휴대전화를 체크하겠지만, 나는 주머니 속에 든 문고본을 꺼냈고, 그 책을 읽으며 그녀를 기다리기로 했다.

약속 시간이 되었다. 그러나 그녀는 나타나지 않았다.

삼십 분이 경과되었다. 그녀는 여전히 오지 않았다.

난감했다.

무심코 손이 휴대전화를 찾았다.

없다.

그렇다, 없애버린 것이다.

약속 장소를 착각했나, 아니면 시간을 착각했나? 악마와 거래하는 와중에 건 전화이다 보니 꽤 동요된 상태였다. 그러니 착각했을 가능성은 충분하다.

"불편해."

무심코 말이 새어나왔다. 전화에서 그만큼 자유로워졌건만, 결국은 또다시 전화를 필요로 한다. 딱히 어쩔 도리가 없던 나는 그 시계탑 밑에서 떨면서 기다렸다.

그러고 보니 예전에는 툭하면 "불편해"라는 말을 했었다. 대학 시절, 그녀와 사귈 때였다.

번화한 도시에 살았던 그녀는 이 시골 마을에 있는 대학에 들어갔다.

철학과 여학생.

그녀가 혼자 사는 그 집에는 선풍기와 조그만 전기난로와 수많은 책들이 있었다.

모두가 휴대전화로 연락을 주고받는 시절에 그녀는 휴대전화가 없었다. 아니, 정확히 말하면 사지 않았다.

"그게 필요해?"

그녀는 내게 자주 물었다.

있으면 편리하다고 내가 권했지만, "과연, 그럴까?"라고 대답할 뿐 그녀는 휴대전화를 마련할 생각이 전혀 없었다.

그렇다 보니 그녀에게 걸려오는 전화는 거의 대부분 공중전화였다. 휴대전화 화면에 '공중전화'라는 표시가 뜨면 몸이 붕 떠오르는 듯한 행복을 느꼈었다. 나는 부랴부랴 전화를 받았고(설령 수업 중이든 아르바이트 중이든), 그녀와 얘기를 나눴다.

하지만 최악의 경우는 전화를 못 받았을 때다. 수신목록을 원망스럽게 바라볼 수밖에 없었다. 이쪽에서 전화를 걸어도 상대는 공중전화다. 그 무렵 나는 아무도 없는 공중전화 박스 안에서 공중전화가 계속 울리는 악몽을 자주 꾸곤

했다.

결국 나는 그녀의 전화를 놓치지 않으려고 매일 밤 휴대전화를 품에 안고 잤다. 휴대전화를 품으면 마치 그 열기가 그녀의 체온처럼 느껴졌고 어느 사이엔가 늘 깊은 잠에 빠지고 말았다.

교제한 지 반 년.

거듭되는 내 설득 덕분인지, 그녀의 집에 까만 다이얼 전화기가 들어오게 되었다.

"전화기를 공짜로 얻었어."

그녀는 자랑스러운 듯이 말하며, 다르륵다르륵 다이얼을 돌렸다.

나는 그 까만 전화기로 몇 번이나 전화를 걸었다. 전화를 걸고 또 거는 와중에 번호는 몸에 스며들듯 저절로 외워졌다.

신기한 일이다. 지금 내 휴대전화에 들어 있는 수많은 번호 중에 외우는 번호는 하나도 없다. 친한 친구 번호도, 상사 번호도, 하물며 부모 번호조차 못 외운다. 휴대전화에 나의 인연과 기억을 모조리 맡겨버렸다. 그렇게 생각하니 왠지 무서운 일이 벌어지고 있는 기분이 들었다.

어제 내가 그녀에게 전화한 이유도 그런 것일지 모른다. 그냥 몸에 밴 번호를 상상했을 때, 자연스럽게 떠오른 것이 그녀의 번호였다. 내 몸이 기억하고 있는 인연에 마지막으로 기대보고 싶었던 것이다.

그렇긴 하지만 헤어진 지 어느덧 칠 년이 지났다. 그녀는 이미 이사를 가버렸을지도 모른다. 그런 생각을 하며 다이얼 소리를 들었다. 두 번, 세 번, 네 번. 그리고 여섯 번째 다이얼 소리와 동시에 그녀가 전화를 받았다. 오랜만이라는 인사도 하는 둥 마는 둥한 나는 그녀에게 '만나고 싶다'는 뜻을 전했다.

그녀에게 물어봐야 할 것이 많았다.

그녀는 이 지역 영화관에서 일하고 있고, 내일이 마침 휴일이라고 했다. 나는 그 우연에 감사하며 만날 약속을 얻어냈다.

"그럼, 내일 봐."

그렇게 전화를 끊는 그 목소리는 대학 시절의 그것과 하나도 다르지 않아서 나는 갑자기 칠 년 전으로 되돌아간 기분이었다.

한 시간이 지나고, 추위 때문에 내 발이 돌바닥 지면과 동화됐을 즈음, 그녀가 잰걸음으로 달려왔다.

칠 년 전과 달라진 게 하나도 없었다. 그 옷도 뛰는 모습도. 한 가지 다른 점은 어깨까지 늘어뜨렸던 머리칼을 싹둑 잘라서 짧아진 정도였다.

하얗게 질린 내 얼굴을 보고, 그녀가 걱정스러운 듯이 말을 건넸다.

"왜 그래? 괜찮아?"

'잘 지냈어?'도 '오랜만이야!'도 아니고, 첫마디가 "괜찮아?"라니, 서글프기 그지없다. 얘기를 들어보니 역시나 내가 약속시간을 한 시간가량 착각했던 모양이다.

"불편하네."

내가 말하자, "그런가?"라고 대답하며 그녀가 웃었다.

"곧 죽을지도 몰라."

그녀와 들어간 카페에서 나는 따뜻한 커피를 마시며 고백했다.

그녀는 한동안 침묵했고, 그러고는 천천히 코코아를 마셨다. 그리고 내 쪽을 바라보며 말했다.

"흐~음, 그래?"

너무나 가벼운 리액션에 나는 경악했다.

내가 상상한 바로는,

하: "왜? 무슨 일이 있었던 거야?"

중: "내가 도울 일이 있으면 뭐든지 말해!"

상: 흐흐흑(입술을 깨물며 참는 오열)."

등등이었건만…… 상상을 한참 벗어난 하 이하의 반응이었다. 솔직히 그 충격은 이루 말할 수 없었다.

하지만 돌이켜 생각해보니, 나 자신도 죽음을 선고받은 순간 상당히 차분했었다. 자기 자신도 실감이 없었던 일에 타인이 놀라고 실망하고 비통해할 수 없는 건 지극히 당연했다. 그런데도 나는 "눈물 없이는 볼 수 없는 영화!"라고 억지 홍보를 하는 싸구려 영화처럼 내 죽음을 그녀에게 강요했던 것이다.

인간은 왜 자기도 할 수 없는 것을 타인에게 기대하는 걸까. 나는 그녀가 어떻게 해주길 바랐을까. 놀라길 바랐을까, 울어주길 바랐을까. 지금 생각해보면 잘 모르겠다.

하지만 여기서 꺾이면 안 된다. 내가 지금까지 살아온 의미를, 그 가치를 지금 이 자리에서 그녀에게 확인해야 한다. 그러기 위해 그녀를 마지막 통화 상대로 선택했으니까.

"그런데 갑자기 왜?"

"암에 걸려서……."

"그렇구나…… 힘들겠다. 근데 전혀 슬퍼 보이진 않네. 사람은 죽을지도 모르는 순간에는 의외로 그런 존재일까?"

그거야 악마가 수명을 연장해줬으니까, 라는 말은 차마할 수 없었다. 죽음을 코앞에 두고, 첫사랑 상대에게 머리가 이상해진 사람으로 보이고 싶은 남자는 세상을 통틀어단 한 사람도 없을 것이다. 게다가 내가 하고픈 얘기는 그런 게 아니었다.

"그래서 말인데."

"응?"

"죽을지도 모르는 상황에 처하니까 나에 관해 여러 가지묻고 싶고 확인하고 싶기도 해서."

"흐—음, 다들 그런 건가?"

"솔직히 말하면, 내가 살아온 의미를 돌아보고 싶은 걸지도."

"역시 그런 게 신경 쓰이는구나."

"그야 물론이지. 그래서 너와 나의 추억 중에 기억나는걸 몇 가지 듣고 싶어. 아무리 사소한 거라도 괜찮아."

빠르게 거기까지 말한 나는 미지근해진 커피를 단숨에비웠다.

그녀는 "흐—음" "그럼, 미리 말해줬으면 좋잖아"라고 투덜거리면서도 기억을 더듬기 시작했다. 그 자리에 같이 있기가 거북해진 나는 화장실에 가서 천천히 볼일을 보고 자리로 돌아왔다.

"화장실 횟수."

"어?"

"잦았어."

입을 열자마자 그녀가 말했다.

"그리고 길었어. 남자면서."

어, 이건 뭐지. 난데없이 무슨 얘기야?

게다가 그런 말은 한 번도 들어본 적 없는데. 그러나 곰곰이 생각해보니 잦고 길었던 것 같기도 하다. 화장실에서는 무심코 골똘히 생각에 잠겨 다른 세계로 가버려서 느릿느릿 볼일을 보고 손을 씻는 자신을 발견한다. 그와 반대로 그녀는 좀처럼 화장실에 가지 않았고, 같이 화장실에 가더라도 언제나 나보다 먼저 나와 기다리고 있었다.

"그리고 또 한숨이 너무 많아. 대체 인생이 얼마나 고달픈 거야! 하는 생각이 늘 들었어."

"그랬었······나?"

"술도 전혀 못 마시고."

"미안해······."

"아, 맞다. 그리고 레스토랑에 가면 메뉴를 통 못 정했지. 남자면서. 게다가 결국 늘 시키는 건 카레고. 그렇다고 화

내면 금세 풀이 죽고, 그런데다 회복도 늦었지."

거기까지 단숨에 풀어놓은 후, 그녀는 매우 만족스러운 표정으로 천천히 코코아를 마셨다.

으윽, 이게 인생 최후에 듣는 얘기란 말인가. 내가 살아온 의미는? 그 가치는?

너무 비정하다. 적어도 예전에 사랑했던 남자인데, 그에 대한 추억이 고작 이 정도란 말인가? 아니, 비정한 건 아니다. 그녀도 세상 여느 여자들과 마찬가지로 과거 남자에게 철저히 엄격하고 메마른 것뿐이다. 틀림없이 그럴 것이다. 나는 그렇게 스스로를 타일렀다.

"아, 그리고 또 있다. 전화할 때는 말을 많이 하면서도 이렇게 만나면 말을 통 안 했어."

분명 그랬는지도 모른다.

그 무렵 우리는 전화로는 두 시간이고 세 시간이고 하염없이 얘기할 수 있었다. 자전거로 삼십 분 거리인데도 때로는 다섯 시간씩이나 통화해서 "이럴 거면 만나서 얘기하는 게 나았겠다"라며 자주 같이 웃곤 했다.

하지만 그건 아니라고 생각한다. 우리가 만났다고 해서 딱히 얘깃거리가 있었던 건 아니다. 전화의, 물리적으로는 멀지만 심리적으로는 가까운, 그 거리감이 우리에게 얘깃

거리를 부여해주고, 별 대수롭지 않은 얘기를 멋지게 장식해줬다고 생각한다.

그건 그렇다 치더라도 나에 대한 평가가 너무 낮다. 마지막이니 서비스 정도는 해줘도 되지 않는가? 좌절감에 마음이 무너질 지경이었지만, 그런데도 나는 끈질기게 말을 이었다.

"근데 신기하네. 그렇게 영 아닌데, 어떻게 나랑 삼 년 반이나 사귀었지?"

"누가 아니래! 그렇지만."

"그렇지만?"

"난 당신 전화가 좋았어. 별스러울 것 없는 음악이나 소설을 마치 세상이 뒤바뀔 것처럼 얘기해주는 당신이 좋았어. 정작 만나면 제대로 말도 못 하면서."

"그리고 보니 나 역시 네가 그날 본 영화 얘기를 전화로 들려주면, 혼자 멋대로 세상이 바뀔 듯한 기분에 빠져들곤 했지."

그 후로도 우리는 그저 하염없이 두서없는 얘기를 계속했다.

동급생 중에 가장 말랐던 남자애가 지금은 120킬로그램이나 나가는 거구로 변해버린 얘기. 제일 수수했던 여자애가 졸업하자마자 결혼해서 어느새 네 아이의 엄마가 되었다는 얘기.

그런 얘기를 나누다 보니 어느새 밤이 완전히 어두워져서 나는 그녀를 집까지 바래다주게 되었다.

그녀의 집은 일터인 영화관이었다. 영화관 위에 있는 집에서 살고 있다고 했다.

"결국 영화랑 결혼했네"라고 내가 말하자, "어머, 그런 농담은 하지 마"라고 화를 내며 그녀는 웃었다.

"아버님은 건강하셔?"

돌바닥 길을 천천히 걸어가며 그녀가 물었다.

"글─쎄…… 어떠실지."

"아직 화해 안 했구나…….''

"어머니 돌아가신 후로는 안 만났어."

"어머님이 둘이 사이좋게 지내면 좋겠다는 말씀을 자주 하셨는데."

"기대에는 부응하지 못했군."

사귄 지 반년쯤 되었을 때, 그녀를 집에 데려간 적이 있다.

아버지는 작업실에서 나오지 않았지만 어머니는 그녀가 마음에 쏙 들었는지, 과자를 내놓고 밥을 차려주고 그리고 다시 과자를 내놓으며 좀처럼 그녀를 보내주지 않았다. "사실은 딸을 낳고 싶었는데"라고 어머니가 그녀에게 말했다. 어머니는 남자 형제뿐이었고, 양상추도 양배추도 수컷이었다.

그 후에도 어머니는 나 몰래 그녀를 불러내서 둘이 자주 어울렸던 것 같다.

"어머님, 정말 멋진 분이셨어."

그녀가 웃었다.

"그래?"

"레스토랑이 새로 생겼다면서 자주 데려가주셨지. 요리도 가르쳐주셨고. 그리고 같이 미장원에도 가고."

"미장원?! 전혀 몰랐는데."

어머니가 세상을 뜬 것은 내가 그녀와 헤어진 지 삼 년이 지난 무렵이었다.

장례식장을 찾은 그녀는 몸을 떨며 흐느껴 울었다. 그리고 장례식이 끝날 때까지 양배추를 내내 안고 있었다. 혼란스러워서 이리저리 돌아다니는 양배추를 차마 못 본 체할 수 없었을 것이다.

어머니는 우리가 헤어진 후에도 툭하면 "그 애는 좋았는데"라고 말하곤 했다. 양배추를 껴안고 우는 그녀의 모습을 본 순간, 그 의미를 알 것 같은 기분이 들었다.

"양배추는 건강해?"

"건강하지."

"그나저나 어쩔 거야? 당신이 죽으면 누가 보살펴?"

"누구한테든 맡겨야지."

"그렇구나. 정 곤란하면 얘기해."

"고마워."

가파른 내리막길 끝자락에 영화관의 불빛이 보이기 시작했다. 오랜만에 본 그 영화관은 왠지 몹시 작아져버린 것처럼 느껴졌다. 그 무렵의 내게는 훨씬 크고 훨씬 컬러풀하게 보였었다.

시계탑에서 기다리고 있을 때도 똑같은 느낌을 받았다. 부동산과 레스토랑, 학원과 꽃집. 슈퍼마켓이 개장된 것 말고는 거리 풍경에 그리 큰 변화는 없었다. 그런데도 지금의 내 눈에는 거리가 확 줄어들어서 일종의 미니어처가 되어버린 기분이 들었다. 그것은 거리가 축소된 걸까, 아니면 나의 감각이 확대된 걸까, 아마도 양쪽 다일 거라고 나는 스스로를 납득시켰다.

"으음, 근데."

"뭐?"

"우리가 왜 헤어졌다고 생각해?"

"난데없이 무슨 소리야?"

"이유는 분명히 있었겠지만, 아무리 생각해봐도 결정적인 이유가 뭔지 모르겠어."

실은 오늘 마지막으로 그녀에게 그것을 물을 생각이었다.

우리는 왜 헤어졌는가.

싫증이 났다고 하면 뭐 그렇다 치겠지만, 아무리 생각해도 결정적인 이유는 떠오르지 않았다.

"으음, 기억해?"

한동안 입을 다물고 있던 그녀가 갑자기 내 쪽을 바라보며 물었다.

"어?"

"내가 좋아하는 음식."

뜻밖의 질문. 십오 초 경과.

"으―웅, 새우튀김이었나?"

"땡! 옥수수튀김!"

아깝다. 다른 튀김이었군. 아니, 그보다 이건 또 무슨 전개지?

내가 혼란스러워 하는 걸 아는지 모르는지, 그녀가 말을
이었다.

"그럼, 좋아하는 동물은?"

"응? 으음, 그건⋯⋯."

"일본원숭이잖아."

아 맞다, 라고 맞장구를 칠 틈도 없었다.

"그럼, 내가 제일 좋아하는 음료는?"

뭐지? 전혀 기억이 안 났다.

"으―음⋯⋯ 미안. 면목이 없네."

"코코아. 조금 전에도 마셨잖아. 잊어버렸어?"

그랬다. 생각이 났다. 그녀는 옥수수튀김을 매우 좋아해
서 제철이 되면 꼬박꼬박 주문했고, 세상에서 제일 좋아하
는 음식이 이거라고 자주 얘기했었다. 동물원에 가면 일본
원숭이들이 모여 있는 우리에서 떠날 줄을 몰랐고, 겨울이
든 여름이든 따뜻한 코코아를 마셨다.

딱히 잊어버린 건 아니었다. 그러나 생각이 나지 않았다.
마음이 마치 누름돌처럼 뚜껑을 꽉 눌러 그녀와의 기억을
묻어버리려 했겠지.

사람은 뭔가를 기억하기 위해 잊는다는 말을 들은 적이

있다. 망각은 전진을 위한 거라고. 하지만 과연 그럴까. 막상 내가 죽음에 직면하고 보니 떠오르는 것은 무수히 널린 사소한 추억뿐이었다. 휴대전화가 기억하고 있는 정보 쪽이 훨씬 유익해 보였다.

"잊어버렸구나. 뭐, 하긴 예상했던 대로야. 우리가 헤어진 이유도 그런 거야. 기억할 만한 게 아니야."

"그럴까……."

"그래도 굳이 계기가 있었다면 졸업여행이었을지 모르지."

"……부에노스아이레스라. 옛날 생각이 나는군."

그 무렵 우리는 이 지역을 절대 벗어나지 않았다. 데이트를 해도 모노폴리처럼 이 지역을 뱅글뱅글 맴돌 뿐이었다. 그런데도 우리는 따분한 적이 없었다.

학교 수업을 마치면 도서관에서 만날 약속을 하고, 영화관에서 영화를 보고, 단골 카페에서 느긋하게 얘기를 나누고, 그녀의 방에서 섹스를 했다. 때로는 그녀가 싸온 도시락을 들고, 케이블카를 타고, 마을에서 가장 전망이 좋은 장소에서 식사도 했는데, 우리는 그 정도로도 충분히 만족스러웠다.

지금 돌이켜보면 조금 믿기진 않지만, 이 지역의 사이즈 감각과 그 당시 우리 두 사람의 사이즈 감각이 딱 들어맞았던 것 같다.

우리는 삼 년 반가량 사귀었다. 그 사이에 딱 한 번 해외여행을 간 적이 있었다.

아르헨티나, 부에노스아이레스.

그것이 처음이자 마지막 해외여행이었다.

그 당시 우리는 홍콩 영화감독이 그 도시를 무대로 찍은 영화에 푹 빠져 있어서 학창 시절의 마지막 긴 방학에 그 도시로 여행을 떠나기로 한 것이다.

미국계 저가 항공사 비행기(지독히 추워서 기내식이 점토 같았다)를 타고, 갈아타고 또 갈아타면서 우리는 무려 스물여섯 시간이나 걸려서 부에노스아이레스에 도착했다.

에세이사 공항에서는 어딘지 모르게 수상쩍은 택시를 타고 센트로로 향했다. 호텔 방으로 뛰어들자마자 침대에 쓰러졌다. 그러나 잠이 오지 않았다. 이루 말할 수 없이 피곤했을 테지만, 체내시계가 여전히 시차 적응을 못한 탓에 잠을 잘 수 없었다. 그곳은 지구의 반대편이었다.

우리는 결국 잠을 포기하고 침대에서 벌떡 일어나 거리

를 산책하기로 했다.

거리에 울리는 반도네온 음색, 돌바닥 길가에서 춤을 추는 댄서들. 하늘이 낮게 깔린 부에노스아이레스의 거리를 구경하며 레콜레타 묘지로 향했다. 미로 같은 묘지를 이리저리 헤매다 드디어 에비타의 무덤을 찾아냈다. 백발의 늙은 기타리스트가 연주하는 탱고 멜로디를 들으며 카페에서 점심을 먹었다.

저녁 무렵이 되어 버스를 타고 보카로 갔다. 삼십 분쯤 달린 버스가 비좁은 길을 빠져나가자, 컬러풀한 거리가 모습을 드러냈다. 스카이블루에 머스터드옐로, 에메랄드그린과 새먼핑크. 파스텔컬러로 칠해진 목조주택이 빽빽이 늘어서 있었다. 석양빛을 받아 반짝이는 장난감 같은 거리를 산책하고, 밤에는 산 텔모에 있는 땅게리아(*탱고 공연도 보고 음식도 즐기는 약간 고급스러운 탱고 바) '라 벤타나'로 향했다. 탱고의 열기가 우리를 별천지로 이끌었다.

그로부터 며칠간, 우리는 열에 들뜬 사람들처럼 부에노스아이레스 거리를 정신없이 쏘다녔다.

우리가 묵었던 싸구려 숙소에는 톰 씨가 있었다.

톰 씨라고 불렀지만, 일본사람이다.

스물아홉 살 청년으로, 일하던 광고회사를 그만두고 세계 일주 여행을 하고 있었다.

밤이 되면 우리는 톰 씨와 근처 슈퍼마켓에서 와인과 고기와 치즈를 사다 공동 다이닝룸에서 함께 먹으며 밤마다 얘기를 나누었다.

톰 씨는 우리에게 온갖 세상 이야기를 들려주었다. 인도의 거만한 소들, 티베트의 어린 스님들, 이스탄불의 파란 모스크, 헬싱키의 백야, 리스본에서 본 끝없이 펼쳐지는 바다.

톰 씨는 술을 마시고 한껏 취해서 마치 꿈을 꾸듯 얘기를 계속했다.

"이 세상에는 잔혹한 것들이 많아. 하지만 그만큼이나 아름다운 것들이 존재하지."

그 얘기는 작은 마을을 뱅글뱅글 맴돌던 우리로서는 도무지 상상조차 할 수 없었다. 톰 씨는 때로는 웃고 때로는 울면서 우리의 얘기도 들어주었다. 지구의 반대편에서 우리 세 사람은 그렇게 하염없이 얘기를 나눴다.

드디어 일본으로 돌아갈 날이 가까워진 어느 날, 톰 씨는 숙소로 돌아오지 않았다.

그녀와 나는 와인을 마시며 줄곧 기다렸지만, 결국 톰 씨는 돌아오지 않았다.

다음 날 아침, 우리는 톰 씨가 죽었다는 소식을 들었다.

아르헨티나와 칠레의 국경에 있는 그리스도상을 보러 가는 길에 타고 있던 버스가 낭떠러지 밑으로 굴러 떨어졌다고 했다.

마치 꿈을 꾸는 기분이었다. 도무지 실감이 나지 않았다. 금방이라도 톰 씨가 와인 병을 한 손에 들고, "한잔합시다!"라며 다이닝룸으로 들어올 것만 같았다. 그러나 톰 씨는 돌아오지 않았다. 우리는 마치 구름 위에 떠 있는 것처럼 현실감 없는 하루를 보냈다.

마지막 날, 우리는 이구아수 폭포로 향했다.

공항에서 차로 삼십 분. 그곳에서 두 시간을 걸어서 '악마의 숨통'에 도착했다. 그 홍콩 영화에도 등장했던 세계 최대 폭포의 정상이다.

거기에서는 어마어마한 양의 물줄기가 웅장한 기세로 쏟아져 내렸다. 자연의 폭력이 느껴지는 광경이었다.

문득 돌아보니 그녀가 옆에서 울고 있었다.

소리 내어 울고 있었다. 그러나 아무리 흐느껴 울어도 그 소리는 폭포 소리에 삼켜져서 감쪽같이 사라져갔다.

그때 나는 실감했다. 톰 씨는 죽었다. 이제는 만날 수 없
다. 한밤중까지 얘기를 나누고, 함께 웃고, 술을 마시고, 식
사를 하는 것은 이젠 불가능한 것이다. 그것은 나에게도 그
녀에게도 난생처음 닥친 '죽음을 실감'한 순간이었다.

인간이 너무나 무력한 그 장소에서 그녀는 하염없이 울
었다.

나는 이러지도 저러지도 못하고, 지구 속으로 삼켜지는
희뿌연 물을 그저 망연히 바라보았다.

우리는 갈 때와 같은 시간을 들여서 부에노스아이레스에
서 일본으로 돌아왔다.

스물여섯 시간. 돌아오는 그 길에 우리는 한마디도 나누
지 않았다.

부에노스아이레스에서 너무 많은 얘기를 나눈 탓일까.
아니, 그건 분명 아니다. 그때 우리는 해야 할 말을 찾을 수
가 없었다. 얘기하지 않은 게 아니라 얘기할 수 없었던 것
이다.

이토록 가까이 있건만 마음을 전할 수 없다. 얘기할 수
없다.

괴로웠다. 그런데도 말문을 열 수 없었다.

한마디 말도 없이 우리는 스물여섯 시간 동안 이별의 예감을 공유해갔다.

신기한 일이다. 시작의 예감이 두 사람 사이에 공유됐던 것처럼 우리는 이별의 예감도 동시에 공유해갔다.

너무도 긴 무언의 시간을 견딜 수 없었던 나는 비행기 안에서 가이드북 책장을 뒤적거렸다. 웅대한 산맥 사진이 나타났다. 아콩카과산. 아르헨티나와 칠레의 국경에 치솟은 남미의 최고봉이다. 책장을 더 들척였다. 그러자 깎아지른 듯한 산 위에 우뚝 서 있는 그리스도상이 모습을 드러냈다. 톰 씨는 이 그리스도상을 봤을까. 아니면 보기 전에 죽었을까.

나는 상상했다.

톰 씨가 버스에서 내려서 산꼭대기 아래로 펼쳐지는 광대한 대지를 바라본다. 돌아보면 등 뒤에는 커다란 십자 그림자가 드리워져 있다. 톰 씨가 올려다보니 거대한 그리스도상이 양 팔을 펼치고 서 있다. 태양을 등지고 아름답게 빛나는 그 모습을 톰 씨는 눈이 부신 듯이 바라본다.

눈물이 솟아올랐다. 나는 참을 수 없어서 비행기 창으로 밖을 내다보았다.

창밖에는 얼음으로 뒤덮인 바다가 끝없이 펼쳐져 있었다. 석양빛을 받아 자줏빛으로 물든 그 빙하는 잔혹하리만큼 아름다웠다.

우리는 스물여섯 시간이 걸려서 모노폴리 같은 마을로
돌아왔다.

"그럼, 내일 봐."

그녀는 평소와 다름없는 인사말을 내게 건네고 역에서
이어지는 내리막길을 걸어내려 갔다. 나는 등줄기가 곧게
뻗은 그 뒷모습을 그저 묵묵히 바라보았다.

다음 주, 우리는 헤어졌다. 전화 통화 오 분 만에 헤어졌
다. 흡사 관공서의 행정 절차 같은 사무적인 대화만으로 우
리는 끝났다. 그녀와 나는 천 시간이 넘게 전화로 얘기를
나눠왔다. 천 시간의 통화로 쌓아온 관계를 우리는 고작 오
분간의 통화로 끝내버렸다.

우리는 전화가 생김으로써 곧바로 연결되는 편리함을 손
에 넣었지만, 그에 반해 상대를 생각하거나 상상하는 시간
은 잃어갔다. 전화가 우리에게 추억을 쌓아갈 시간을 앗아
가고 증발시켜 버린 것이다.

나에게 매달 날아오는 휴대전화 청구서. 통화시간 스무
시간. 청구 요금은 일만이천 엔.

우리는 그 가치에 상응하는 대화를 나눴을까. 우리가 나

누는 한마디의 가격은 과연 얼마일까.

몇 시간이고 얘기할 수 있게 된 전화. 그 전화조차도 우리를 더 이상 연결해줄 수는 없었다. 그리고 모노폴리에서 바깥세상으로 나갔을 때, 그 관계를 지탱해준 것이 이 모노폴리의 규칙이었다는 것을 우리는 알아채고 말았다.

우리 사이에는 이미 진즉에 사랑이니 연애니 하는 건 끝나 있었다. 단지 정해진 규칙 안에서 그 게임을 지속했을 뿐이다. 그리고 부에노스아이레스에서 보낸 그 며칠간이 그 규칙에 의미가 없다는 것을 순식간에 깨닫게 해준 것이다.

다만, 내 안에는 작은 아픔이 남아 있다.

그때.

나는 지금도 생각한다.

그때 그 비행기 안에서 우리에게 전화가 있었다면.

그랬다면 우리는 헤어지지 않았을지도 모른다.

모노폴리를 버리고, 새로운 게임을 시작할 수 있었을지도 모른다.

나는 상상한다. 비행기 안. 스물여섯 시간.

하느님이 우리에게 전화를 빌려준다.

나는 전화한다. 그녀에게. 옆자리에 앉아 있는 그녀에게.

지금 무슨 생각해?

당신은 무슨 생각해?

슬퍼.

쓸쓸해.

난 네 생각을 하고 있어.

나도 당신 생각하고 있어.

앞으로 어떡할래?

앞으로 어떡하지?

빨리 돌아가고 싶다.

나도.

돌아가면 어떡할래?

돌아가면 어떡하지?

같이 살까.

그것도 좋을지 모르겠다.

집에서 커피 마시자.

난 코코아를 마실래.

우리는 얘기할 수 있었다. 전화만 있었다면.

설령 스물여섯 시간이라도 우리는 내내 얘기할 수 있었다.

하잘것없는 대화라도 괜찮았다. 그저 상대에게 마음을 전하고, 상대의 마음을 들을 수만 있으면 좋았던 것이다. 새로운 게임의 규칙도 만들 수 있었을지 모른다.

전화만 있었으면 됐던 것이다. 그러나 거기에는 전화가 없었다.

"그럼, 내일 봐."

역에서 헤어질 때 그녀는 말했다. 지금도 그녀가 마지막으로 그렇게 말했을 때 지었던 희미한 미소를 이따금 떠올린다. 그 미소가 오른쪽 가슴 끝자락 언저리에 작은 아픔으로 자리 잡아서 비 오는 날이면 흡사 오래 묵은 상처처럼 고개를 쳐든다.

그러나 곰곰이 생각해보면, 내 마음에는 그런 작은 아픔들이 많았다. 사람들은 그 작은 아픔들을 일컬어 후회라고 부르겠지.

"으음, 오늘."

별안간 들려온 그녀의 목소리에 나는 갑자기 현실로 되돌아왔다. 정신을 차려보니 영화관 앞에 도착해 있었다.

"응?"

"미안해, 심한 말만 해서."

"아냐, 아냐, 재미있었어."

"하지만 그건 약속이었으니까."

"어?"

또 잊어버렸네, 라고 그녀가 말했다.

"약속했잖아. 헤어질 때는 상대방의 싫었던 부분을 전부
다 얘기해주기로."

그랬다. 우리는 분명 약속했었다. 혹여 헤어질 때는 지금
까지 싫었던 상대방의 단점들을 전부 다 얘기하기로. 인생
은 앞으로도 계속될 테니 연인으로서 마지막까지 그 인생
의 교사가 되자, 나는 부끄러운 줄도 모르고 그런 말을 자
주 했었다. 그럴 때마다 그녀는 "지금은 헤어지는 건 상상
도 못 하겠어"라고 말했다. 그것은 나도 마찬가지였다.

"죽기 전에 다 말해줬어. 당신의 싫었던 부분."

기쁜 듯이 말하고, 그녀는 웃었다.

"약속을 지켜준 건 고마운데, 그래도 죽음을 코앞에 두고
들을 만한 얘기는 아니군."

나도 웃었다.

신기한 일이다. 연애가 시작됐을 때, 그녀와 끝나는 날이
올 거라는 것은 상상조차 할 수 없었다. 내가 행복할 때, 그

녀도 똑같이 행복하다고 믿었다. 그러나 언젠가는 그렇지 않은 때가 오게 마련이다. 내가 행복해도 상대는 슬퍼하는 때가 오는 것이다.

사랑에는 반드시 끝이 찾아온다. 반드시 끝난다는 걸 알지만, 그런데도 사람들은 사랑을 한다.

그것은 삶도 똑같을지 모른다. 반드시 끝이 찾아온다, 그걸 알면서도 사람들은 살아간다. 사랑이 그렇듯이 끝이 있기에 삶이 더더욱 찬란해 보이겠지.

"당신, 곧 죽는댔지."

그렇게 말한 그녀가 묵직해 보이는 영화관 문을 열었다.

"그렇게 가볍게 말해도 되나?"

"마지막으로 당신이 좋아하는 영화를 여기에 걸어줄게. 같이 보자."

"고마워."

"그럼 내일 밤 아홉 시에 여기서 만나. 영업이 끝나면 상영 개시. 좋아하는 영화를 가져와."

"알았어."

"아, 마지막 질문."

"또?"

"내가 제일 좋아하는 장소는?"

어디일까. 전혀 떠오르지 않았다.

"역시 기억 못 하네. 자 그럼, 그 대답은 내일까지 숙제로 내드리죠."

"내일 봐"라고 유리창 너머로 그녀가 말했다.

"응, 내일"이라고 유리창 너머로 내가 대답했다.

주위는 완전히 어두워졌다.

빨간색과 초록색 네온 불빛을 받은 벽돌건물 영화관을 나는 한참동안 올려다보았다.

신기한 하루였다.

세상에서 전화가 사라졌다. 그런데 나는 그로 인해 무엇을 잃었을까.

나의 기억과 인간관계를 맡겨뒀던 것이 갑자기 사라져버린 듯한 불안감에 사로잡힌 건 분명하다. 그리고 다른 무엇보다 불편했다. 시계탑 밑에서 혼자 기다릴 때의 불안감은 상상을 넘어섰다.

전화 그리고 휴대전화의 발명으로 사람들은 길이 엇갈리지 않게 되었고, 만날 약속을 하는 의미를 잃었다. 그러나 연락이 닿지 않는 안타까움, 기다리는 시간의 따뜻한 마음이 그칠 줄 모를 정도로 엄습했던 한기와 함께 내 안에 강력히 남아 있었다.

"앗."

그 순간 불현듯 생각이 났다.

"여기다."

그녀의 질문. 그녀가 가장 좋아하는 장소. 그것은 바로 이 영화관이다.

예전에 그녀는 말했다.

이 영화관이 언제나 날 위해 한 자리를 비워두고 기다리는 것 같은 기분이 든다. 이 장소는 내가 그 한 자리에 앉음으로써 비로소 완성된다, 그런 기분이 든다.

늘 그런 말을 했었다.

정답을 기억해냈다. 당장 그녀에게 전해야지.

휴대전화, 하며 나는 주머니를 뒤적거렸다.

없다. 그렇다, 없다.

안타까웠다. 지금 당장 그녀에게 정답을 전하고 싶었다. 나는 천천히 제자리걸음을 하며 영화관을 올려다봤다.

그 순간 나는 깨달았다. 지금 이 심정이 학창 시절 그녀의 전화를 기다렸을 때의 그 심정과 똑같다는 것을. 곧바로 전할 수 없는 안타까운 이 시간이야말로 상대를 생각하는 시간 자체인 것이다. 옛날 사람들에게 편지가 상대에게 도착하고, 상대의 편지가 도착하는 시간이 한없이 길게만 느껴졌듯이. 선물은 물건 자체에 의미가 있는 게 아니라, 그 선물을 고를 때 상대가 기뻐하는 얼굴을 상상하는 시간 자체에 의미가 있듯이.

"뭔가를 얻으려면, 뭔가를 잃어야겠지."

어머니의 말이 문득 떠올랐다.

그날. 어머니의 재채기와 콧물이 말끔히 사라졌던 날.

자신의 무릎 위에 몸을 웅크리고 잠든 양상추를 어루만지며, 어머니는 부드러운 그러나 확신에 찬 목소리로 그렇게 말했다.

나는 영화관을 올려다보며 그녀를 생각했다.

"곧 죽는댔지."

그녀의 말이 덮칠 듯이 밀려들었다.

갑자기 오른쪽 머리끝이 욱신거리며 아프기 시작했다. 가슴이 갑갑해지고, 숨을 쉴 수 없었다. 지독한 한기가 몰려오고, 떨리는 몸은 멈출 줄을 몰랐다. 이 부딪치는 소리가 났다.

역시 이대로 죽는 걸까.

아니, 죽고 싶지 않다.

나는 더는 서 있을 수 없어서 영화관 앞에 웅크려 앉았다.

"죽고 싶지 않아―!!!"

뒤에서 별안간 내 목소리가 들려서 깜짝 놀라 돌아보았다.

아니, 내 목소리는 아니었다. 알로하였다.

"깜짝 놀랐나? 깜짝 놀랐지!!!"

영하의 이 추위 속에서 혼자만 알로하셔츠에 반바지, 머리 위에는 선글라스. 게다가 야자수와 미국 자동차였던 알로하셔츠가 돌고래와 서핑보드 무늬로 바뀌어 있었다.

이 자식…… 옷까지 갈아입네. 발끈 화가 치솟았지만, 화낼 여유도 없었다.

"우와, 데이트 부럽다! 오늘 내내 지켜봤는데, 진짜 즐거워 보이던데."

"어디서 봤죠……?"

식은땀을 흘리며 내가 물었다.

"저기서"라며 알로하가 하늘을 가리켰다.

더 이상 상대해줄 기분이 아니었다.

"그건 그렇고, 진지한 얘기를 해야지. 아직 죽고 싶진 않겠지? 생에 대한 집착이 생겨나기 시작했나?"

"……글쎄, 어떨지."

"보나마나 틀림없어, '죽고 싶지 않아요!!!'가 맞아. 다들 그런걸, 뭐."

분하지만 인정하지 않을 수 없었다.

정확히는 죽고 싶지 않은 것은 아닐지도 모른다. 단지 죽음으로 가는 공포를 못 견디는 것뿐이다.

"그래서 말인데, 다음! 없앨 걸 정했어요!"

"?"

"바로 이거!"

그렇게 말한 알로하가 영화관을 가리켰다.

"으음, 다음에는 영화를 없애볼까요? 당신 생명을 대신해서."

"영화……."

나는 점점 흐릿해져가는 시야 속에서 멍하니 영화관을 바라보며 중얼거렸다.

그녀와 하루가 멀다 하고 다녔던 영화관. 수많은 영화들.

왕관, 말, 피에로, 우주선, 실크 모자, 기관총, 여인의 알몸…… 갖가지 영화 장면의 단편들이 잇달아 머릿속을 스쳐 지나갔다. 피에로가 웃고, 우주선은 춤추고, 말이 말을 한다.

악몽.

"살려줘."

나는 소리 없는 비명을 지르며 그대로 정신을 잃었다.

수요일
세상에서 영화가 사라진다면

"인생은 가까이서 보면 비극이지만, 멀리서 보면 희극이다."

그 남자가 나에게 말했다. 실크 모자에 헐렁한 턱시도 차림으로 지팡이를 휘두르며.

사무친다. 지금 나에게는 그 말이 너무나 사무친다. 나는 내 마음을 그에게 전하고 싶었지만, 말이 나오지 않았다.

남자가 말을 이었다.

"죽음만큼이나 피할 수 없는 게 있지. 그건 바로 삶이야."

지당하신 말씀. 내가 죽을지도 모른다고 생각한 순간, 비로소 깨달았다. 생과 사가 등가라는 것을. 지금의 나는 그 균형이 너무나 안 좋은 상태다.

나도 지금까지 나름 열심히 살려고 애써왔다. 그러나 지금 나에게 남은 것은 후회뿐. 압도적인 죽음의 위력에 삶이 짓눌리고 뭉개져버린 것이다.

내 속마음을 알아챘는지, 턱시도 남자가 콧수염을 어루만지며 내 곁으로 다가왔다.

"의미를 생각해봤자 소용없어. 의미야 아무려면 어때. 삶은 아름답고 근사한 거야. 해파리한테도 사는 의미가 있지."

분명 그럴 것이다. 어떤 것이든 거기에 존재하는 데에는 의미가 있겠지. 해파리든 길가의 돌멩이든 맹장이든 나름 의미가 있다. 틀림없이.

그렇다면 내가 지금 세상에서 뭔가를 없애고자 하는 행위는 중죄에 해당하지 않을까. 해파리에게도 사는 의미가 있다. 그렇다면 살아가는 의미가 불분명해진 지금의 나는 해파리보다 못한 존재겠지.

남자가 가까이 다가왔다.

그렇다. 그 남자는 틀림없는 찰리 채플린이었다.

채플린이 내 코앞에 서서 실크 모자를 자기 머리 위에 썼다.

"야옹."

그 소리와 동시에 실크 모자를 벗자, 그 얼굴이 고양이로 변해 있었다.

"!!!"

소리도 안 나오는 비명을 지르며 나는 화들짝 놀라 잠에서 깼다.

손목시계를 봤다. 아침 아홉 시.

양배추가 걱정스러운 듯이 야옹야옹 울면서 내 베갯머리에 웅크려 앉았다.

나는 양배추를 천천히 어루만졌다. 부드럽고 따뜻하다. 보송보송한 감촉. 대체 뭐지? 살아 있는 이 감각은.

간신히 머리가 돌아가기 시작한 나는 어젯밤의 일을 조금씩 떠올려보았다.

영화관 앞에서 한기와 현기증으로 쓰러졌다. 그 후의 일은 전혀 기억이 나지 않았다. 지금은 약간의 두통과 미열만 몸에 남아 있다.

"아 진짜, 미치겠네! 대체 뭡니까, 엄살이 심해도 유분수지!"

부엌에서 내가 소리쳤다.

아니, 내가 아니다. 내 모습이지만 악마다.

"기껏해야 가벼운 감기 정도로…… 제발 좀 어지간히 합시다!"

"감기……였다고요?"

빨간 알로하셔츠가 너무 화려해서 눈이 따끔거렸다.

"아 그러니까, 그냥 가벼운 감기였단 말이에요. 여기까지 데려오느라 얼마나 힘들었는지 알아요? 아무리 악마라도 힘든 건 힘든 거니까!"

알로하가 내 컵에 뜨거운 물을 붓고, 거기에 꿀을 녹여 레몬을 짜 넣고, 숟가락으로 달그락달그락 휘저었다.

"어찌나 괴로워하던지, 정말 죽는 줄 알았잖아. 아, 정말."

알로하가 어처구니없어하며 내 베갯머리에 컵을 내려놓았다.

"죄송합니다……."

나는 새콤달콤하고 맛있는 그 음료를 천천히 마셨다.

"지금껏 목숨을 연장하는 일에서 단 한 번도 실수를 한 적이 없었다고! 실수를 했다간 하느님께 야단을 맞을 테니까!"

"앞으로 주의하겠습니다……."

"앞으로는 무슨! 그런 말을 할 처지도 아니면서. 자각하지 않으면 곤란해요!"

어딘지 모르게 불합리한 알로하의 논리. 그러나 어쩔 수 없다. 지금은 이 녀석이 나의 생명줄이다.

야옹…… 하고 울며 내 베갯머리에서 멀어져가는 양배추. 왜 그런지 양배추까지 한심해하는 것 같다. 이 나이가 되어 고양이한테까지 능멸당하다니, 이건 꽤 괴로운 일이다.

"그나저나 어떡할래요?"

내가 다 마실 때까지 기다렸다 알로하가 물었다.

"뭘요?"

"아, 진짜 답답하네. 세상에서 없앨 것 말입니다."

"아, 맞다."

"다음은 영화예요."

"그랬죠."

"없애요? 그만둬요?"

세상에서 영화가 사라진다면.

나는 상상해본다.

난처하다. 취미가 사라져버리는 게 아닌가.

이제 와서 취미니 뭐니 떠들어봐야 아무 소용없다는 건 안다. 그렇지만 꽤 많이 사 모은 DVD, 아깝다. 스탠리 큐브릭이랑 스타워즈 블루레이 세트도 산 지 얼마 안 됐는데. 텔레비전은 뉴스랑 버라이어티밖에 안 보는데. 정말 난처하다.

으—음…… 뭐, 그렇지만 그 정도일까? 그런 건가? 정말로?

알로하가 "빨리, 빨리"라며 다그치지만, 이건 중요한 문제다. 잠깐 멈춰 서서 곰곰이 생각해보자.

"역시…… 영화가 아니면 안 될까요?"

"안 됩니다."

"꼭?"

"그럼…… 뭐라면 없앨 건데요?"

예를 들어 음악은 어떨까.

NO MUSIC NO LIFE.

음악 없이는 살 수 없다! 모 대형 레코드숍은 강하게 주장한다.

과연 우리는 음악 없는 세상에서 살아갈 수 있을까.

살아갈 수 있겠지. 틀림없이.

비 오는 날 홀로 방에 틀어박혀서 무척이나 좋아하는 쇼팽을 못 듣는다 해도 지금까지처럼 비 오는 날은 나름 기분 좋게 보낼 순 있겠지.

화창한 날에 밥 말리가 사라진다면, 살짝 풀어진 듯한 행복은 못 느낄지 모르지만, 딱히 문제될 건 없겠지.

자전거로 질주할 때 듣는 비틀즈는 더할 나위 없이 상쾌하지만(내가 우편배달을 할 때 듣는 BGM이다), 뭐 어떻게든 일은 할 수 있겠지.

어두운 밤길을 홀로 걸으며 귀가할 때 듣는 빌 에번스는 이루 말할 수 없이 애절하고 가슴이 저려오지만, 딱히 그게 없다 해도 어쩔 수는 없다.

결론.

NO MUSIC YES MY LIFE.

음악이 없이도 나는 살아갈 수 있다. 자잘한 쓸쓸함이 많이 생길 테지만.

NO COFFEE NO LIFE! NO COMIC NO LIFE!

소리쳐보긴 했지만, 딱히 커피나 만화가 사라진다 해도 인생은 이어진다. 아주 좋아하는 커피젤리나 스타벅스의 카페라떼가 없어도 분명 살아갈 수 있다. AKIRA도 도라에몽도 슬램덩크도 헤어지긴 괴롭지만, 목숨을 위해서라면 어떻게든 헤어질 수 있다.

내가 몹시 아끼는 피규어도 운동화도 모자도 펩시콜라도 하겐다즈도…… 사라진다면 그야 물론 싫겠지만, 딱히 죽지는 않는다. 목숨이 우선이다.

그리하여 나는 상상 속 세상에서 모두 버려보았다.

결론2.

사람은 물과 음식과 잠자리가 있으면 죽지는 않는다.

결국 이 세상에 있는 것들 대부분은 있으나 없으나 상관 없는 것이다.

내 인생 가장 가까이에서 함께 걸어왔다고도 할 수 있는 소중한 영화들. 과연 그것이 사라졌을 때, 마치 나 자신이 사라진 것 같은 기분이 들까.

"길을 아는 것과 실제로 그 길을 걷는 것은 다르다."

「매트릭스」에 나왔던 그 말.

세상에서 뭔가가 사라지는 현상과 그와 관련된 리얼리티는 전혀 별개라는 생각이 들었다. 물리적으로 잃는 직접적 영향보다는 수치로는 측정할 수 없는 어떤 커다란 결핍이 거기에서 일어난다. 그것은 언뜻 봐서는 모른다. 하지만 그것은 누구의 눈에도 띄지 않은 채, 확실하게 상황을 크게 변화시킬 것이다.

하지만 나라는 존재가 있어야 비로소 상대적으로 영화가 존재하는 것이니 일단 내 생명이 없으면 아무 소용없다. 살아 있지 않으면, 영화도 즐길 수 없을 테니까.

나는 결심했다. 영화를 없애기로.

예전에 본 영화에서 주인공이 말했었다.

"이 세상에는 악마에게 영혼을 팔고 싶어 하는 인간이 많아. 문제는 그것을 사줄 악마가 좀처럼 없다는 거지."

이 대사는 잘못됐다. 왜냐하면 내 앞에 영혼을 사줄 악마가 나타났으니까. 설마 말 그대로 진짜 악마가 등장할 줄은 꿈에도 몰랐지만.

"결정한 것 같군요."

몹시 쾌활하지만, 일단은 진짜 악마일 알로하가 싱글벙글 웃으며 말했다.

"네."

"자 그럼, 규칙대로 좋아하는 영화를 마지막으로 한 편만 고르시죠."

그렇지. 한 편은 고를 수 있지. 고민하기 시작하자, 저절로 머리를 감싸 쥘 수밖에 없었다. 도저히 고를 수 없었다.

"마지막으로 당신이 좋아하는 영화를 여기에 걸어줄게. 같이 보자."

어젯밤에 그녀가 했던 말이 떠올랐다. 그 말은 예언이었을지도 모른다.

그건 그렇고, 내가 사랑하는 수많은 영화들 중에서 인생최후에 무엇을 볼 것인가. 그것은 큰 문제다. 지금까지 봐왔던 영화를 선택할 것인가, 아니면 못 보고 놓친 영화를 선택할 것인가.

최후의 만찬이니, 무인도에 챙겨가고 싶은 물건이니, 궁극의 선택에 관한 얘기는 책이나 텔레비전에서 많이 봐왔지만, 막상 내가 그 입장에 처하고 보니 이보다 괴로운 일은 없었다. 그러나 지금의 내게는 알로하의 그 제안을 거절하는 선택지는 없었다. 그러면 죽어버리니까.

"결정을 못 하겠나 보군……. 이해해요, 당연히 그럴 테죠. 당신은 영화를 무척 좋아하니까."

"네……."

"그럼, 지금부터 당신에게 한 시간만 드리지. 그 안에 결정해요! 인생 최후의 한 편을."

너무나 난처했던 나는 쓰타야를 찾아가기로 했다.

쓰타야는 가게가 아니라 사람이다.(*TSUTAYA, 일본 최대의 DVD·CD 판매 및 대여업체)

어, 말이 좀 이상하다고?

다시 얘기하겠다.

너무나 난처했던 나는 집 근처에 있는 오래된 비디오 대여점(참고로 TSUTAYA는 아니다)에서 일하는 중학교 때 친구

(영화 사전 같은 남자라 별명이 쓰타야다)를 찾아가기로 했다.

쓰타야는 그럭저럭 십 년이 넘도록 그 비디오 대여점(거듭 말하지만 TSUTAYA는 아니다)에서 일하고 있다. 그는 필시 인생의 절반을 비디오 대여점에서 보냈을 것이다. 그리고 나머지 절반은 영화를 보며 보낸다. 다시 말해 잠자는 시간 외에는 모조리 영화에 바치고 있다. 100퍼센트 완벽하게 영화 오타쿠(*한 분야에 열중하는 사람을 이르는 말)인 것이다.

쓰타야와 나는 중학교 1학년 봄에 만났다. 같은 반이었다.

입학한 지 이 주일이 지나도록 수업 중에도 쉬는 시간에도 아무와도 얘기하지 않고, 아무와도 시선을 마주치지 않고, 교실 한구석에서 지내던 쓰타야에게 내가 억지로 말을 걸어서 친해졌다.

내가 그때 왜 쓰타야에게 말을 걸었는지 기억은 잘 나지 않는다. 그러나 사람은 자기와는 전혀 다른 타입의 인간에게 거부할 수 없을 만큼 끌리는 순간이 인생에 세 번쯤은 있다(고 나는 믿는다). 그 상대가 여자일 때는 연인이 되고, 남자일 때는 둘도 없는 친구가 된다.

나는 쓰타야에게 거부할 수 없이 끌렸던 것 같다. 어느 사이엔가 나는 그에게 말을 건넸고, 어느새 친한 친구가 되어 있었다.

하지만 쓰타야는 친해진 후로도 좀처럼 말을 하지 않았고, 시선을 마주쳐준 것도 두세 번뿐이다. 그런데도 나는 그가 좋았다. 평소에는 말을 거의 하지 않는 그가 영화 얘기만 시작하면 순식간에 유창해지고 눈이 반짝반짝 빛나기 시작한다. 사람이 순수하게 사랑하는 것을 얘기할 때, 거기에서는 어떤 형태로든 감동이 우러난다는 것을 나는 그때 깨달았다.

중학교 시절에 쓰타야는 내게 수많은 영화를 알려주었고, 나는 닥치는 대로 봐나갔다.

일본의 시대극부터 할리우드의 SF영화, 프랑스의 누벨바그, 아시아의 독립영화 등등 쓰타야는 나에게 장르를 넘나드는 다양한 영화들을 소개해주었다.

"좋은 건 좋은 거야."

쓰타야는 자주 말하곤 했다.

어떤 장르니, 언제 만들었느니, 어느 나라에서 만들었느니, 누가 나오고 누가 감독을 맡았느니 하는 것들을 쓰타야는 초월했다. 궁극적으로는 '좋은 건 좋은 것'이다. 거기에 시대나 국적은 관계없는 것이다.

몇 가지 우연이 겹쳐져서 우리는 고등학교에서도 같은

반이 되었다. 나는 그야말로 육 년간에 걸친 쓰타야의 영화 박애교육에 힘입어 지금은 나름 마니아랄까 오타쿠의 영역까지는 도달했다고 생각한다. 하지만 쓰타야를 보고 있으면, 세간에서 오타쿠니 뭐니 불리는 무리(나를 포함해서)가 얼마나 허접한 위조품인지 익히 알 수 있다. 조금 경험한 정도로 세간에서 금세 오타쿠 인증서를 받을 수 있는 오타쿠 양산시대이지만 쓰타야 같은 녀석이야말로 진짜이자 천연의 오타쿠라 할 수 있다. 뭐, 그렇다고 해서 내가 꼭 그와 같은 인간이 되고 싶은 건 아니지만. 미안하다, 쓰타야.

걸어서 팔 분. 비디오 대여점에 도착했다.

쓰타야는 오늘도 역시 카운터 안에 있었다. 그 자리가 너무나 어울리는 탓인지, 그 모습이 불당에 자리 잡은 불상처럼 보였다. 그 모습을 밖에서 바라보면, 가게 안에 쓰타야가 있다기보다 쓰타야 주위를 가게와 무수한 비디오가 에워싸고 있는 것처럼 보인다.

"쓰타야!"

나는 자동문으로 들어서자마자 그를 불렀다.

"오, 오랜만이야. 웨, 웬일이야."

불상……이 아니라, 쓰타야는 변함없이 눈을 마주치지

않았다. 이제 어른인데도.

"뜬금없이 들리겠지만, 시간이 없으니까 말할게."

"무, 무슨 일인데?"

"나, 말기암이라 죽어."

"어?"

"내일 죽을지도 몰라."

"어어?"

"그래서 마지막으로 무슨 영화를 볼지, 지금 바로 결정해야 해."

"어어, 어?"

"게다가 지금부터 삼십 분 안에 결정해야 해."

"어, 어어어?"

"그러니 부탁한다, 쓰타야. 인생 최후의 한 편을 같이 고민해줄 수 있겠니?"

그런 중요한 역할을 느닷없이 부탁하면 곤란하지, 라는 쓰타야의 표정.

무리도 아니다. 미안하다, 쓰타야.

그런데도 쓰타야는 쓸데없는 질문을 던지지도 않고, 카운터에서 쓱 나오더니 미로 같은 비디오 진열장 속으로 미끄러지듯 걸어갔다.

옛날부터 그랬다. 쓰타야는 뭔가 남을 도울 때는 마치 거기에 이유 따윈 존재하지 않는 듯이 두말없이 선뜻 그 일을 해냈다.

우리는 둘이서 비디오와 DVD가 늘어선 진열장 사이를 누비며 살펴보았다.

내 눈앞을 스쳐 지나가는 무수한 영화들. 어찌된 일일까. 이게 마지막이다 생각하고 그 영화들을 바라보고 있으니, 그 대사와 장면들이 꼬리를 물며 떠올랐다.

"인생에서 일어나는 일은 쇼 안에서도 모두 일어난다."

「밴드왜건」에서 잭 부캐넌이 노래했었다.

과연 지금 내 신상에서 일어나고 있는 일이 영화 속에서도 일어날 수 있을까.

어느 날 갑자기 말기암 선고를 받고, 그런가 했더니 알로하셔츠를 입은 악마가 찾아와서 세상에서 사물을 없애는 대신 수명을 연장해준다. 말이 안 된다. 일어날 리 없다! 현실은 영화보다 더 기이하니까!

쓰타야가 영화 진열장을 이리저리 헤맸다. 나도 그 뒤를 쫓아 이리저리 헤맸다.

"큰 힘에는 큰 책임이 따른다."

「스파이더맨」에서 거미인간의 힘을 얻은 피터 파커는 그런 언명을 듣는다.

그렇게 생각하면 나도 마찬가지일지 모른다. 자신의 생명을 얻기 위해 세상에서 뭔가를 없애는 것이다. 거기에는 엄청난 책임과 리스크와 스트레스와 딜레마와 양면적인 상황이 여지없이 따라붙는다. 악마와 계약을 주고받은 나는 흡사 미국의 코믹 히어로 같은 상황에 처했다는 뜻이겠지.

어쩔 줄 몰라 혼란스러워하는 나를 영화들이 응원해주는 기분이 들었다.

"포스가 함께하기를."

고마워, 스타워즈. 제다이 기사들이여.

"아일 비 백."

터미네이터, 물론 나도 돌아오고 싶지.

"나는 세상의 왕이다!"

무슨 헛소리야, 디카프리오. 넌 아무것도 몰라.

"라이프 이즈 뷰티풀!"

그런 건 새빨간 거짓말이야!

그 순간, 등 뒤에서 소리가 들렸다.

"새, 생각하지 마! 느, 느껴!"

네거티브한 망상의 세계에 푹 빠져 있던 나를 향해 쓰타야가 불쑥 외친 말이다. 그의 손에 들린 것은 「용쟁호투」패키지.

"새새, 생각하지 마! 느껴!"

쓰타야가 되풀이했다.

"고마워, 쓰타야. 이소룡이 최고인 건 분명하지만, 인생 최후에 보기에는, 좀 뭐랄까, 으음, 그건 아니겠지."

나는 웃으며 대답했다.

"난 책을 사면 결말부터 먼저 읽어. 다 읽기 전에 죽으면 곤란하니까."

「해리가 샐리를 만났을 때」에서 빌리 크리스탈은 말했다.

아아, 이렇게 비디오 진열장을 바라보고 있으니, 보지도 못하고 죽어야 할 영화가 너무 많다.

못 본 영화, 못 먹어본 요리, 못 들어본 음악, 못 본 경치.

그렇게 생각하면, 죽을 때 떠오르는 것은 마땅히 있었어야 할 미래에 대한 후회일 것이다. 미래인데 후회라는 말은 이상할지 모르지만, 만약 내가 살아 있다면 하는 생각을 떨쳐버릴 수 없는 것들투성이다. 이상야릇한 일이다. 그 모든 것들이 지금 내가 없애려는 영화처럼 '있거나 없거나 상관

없는 것'투성이였다.

　그리고 쓰타야와 내가 마지막으로 도달한 것은 채플린 영화의 진열장이었다.

　"인생은 가까이에서 보면 비극이지만, 멀리서 보면 희극이다."

　나는 중얼거렸다. 오늘 아침에 꾼 채플린의 꿈을 떠올렸다.

　"라, 라임라이트네."

　쓰타야가 대답했다.

　「라임라이트」에서 채플린이 연기한 피에로는 꿈이 깨진 발레리나의 자살을 막기 위해 잇달아 말을 건넨다.

　"삶은 아름답고 근사한 거야. 해파리한테도 사는 의미가 있어."

　그렇다. 해파리조차도 의미가 있다. 그렇다면 영화에도, 음악에도, 커피에도, 그 어떤 것에도 존재하는 의미가 있을지 모른다. '있거나 없거나 상관없는 것'이야말로 이 세상에서 중요한 거라는 생각까지 들었다. '있거나 없거나 상관없는 것'이 무수히 모여서 인형을 본떠 만들어진 '인간'이 존재하는 것이다. 예를 들어 내 경우는 내가 봐온 수많은 영화와 그 영화와 연결된 추억들이 단적으로 표현된 모습이 바로 나 자체인 셈이다.

삶, 눈물, 사랑, 어리석음, 슬픔, 기쁨, 두려움, 절로 나는 웃음.

아름다운 노래, 눈물이 날 것 같은 풍경, 구역질, 노래하는 사람들, 하늘을 나는 비행기, 달리는 말, 스쳐 지나가는 시대, 먹음직스러운 팬케이크, 칠흑 같은 우주, 총을 쏘는 카우보이.

그 영화를 함께 본 연인이나 친구나 가족과의 추억을 내포한 채 내 안에 자리 잡은 영화들. 우리가 수없이 얘기를 나누고, 그래서 나를 형성해온 무수한 영화의 기억들. 그 모든 것이 아름다워서 눈물이 쏟아질 것 같았다.

염주처럼 영화가 이어져간다. 인간의 희망과 절망을 이어붙이며 엮어지는 것이다. 마침내 무수한 우연이 겹쳐 하나의 필연이 된다.

"자 그럼, 이거면 되겠지."

쓰타야가 나에게 「라임라이트」 패키지를 건넸다.

"고맙다."

"아, 앞으로 어떻게 될지 모르지만……."

그리고 쓰타야는 한참 동안 아무 말도 하지 않았다.

"왜 그래?"

자세히 살펴보니 쓰타야는 고개를 숙이고 울고 있었다. 마치 초등학생처럼 눈물을 뚝뚝 흘리며 울고 있었다.

그 모습을 보니, 왠지 불현듯 창가에 쓸쓸하게 앉아 있던 쓰타야의 모습이 저절로 떠올랐다.

그렇다. 그때 홀로 창밖을 바라보던 쓰타야에게 나는 큰 위안을 얻은 기분이 들었다. 누구와도 엮이지 않고, 조바심 내지 않고, 그냥 느긋하게 혼자서 소중한 것만을 주시하려 했다. 나는 그 모습에서 위안을 얻었던 것이다. 그 무렵 나에게는 소중한 거라곤 하나도 없었다. 그가 나를 필요로 했던 게 아니다. 내가 그를 필요로 했던 것이다.

내 안에 숨겨져 있던 감정이 거세게 복받쳐 오르며 눈물이 솟구쳤다.

"고마워."

나는 가까스로 목소리를 짜냈다.

"어, 어쨌든 네가 살았으면 좋겠다."

쓰타야가 울면서 말했다.

"울지 마, 쓰타야. '뭔가 좋은 얘기가 있고, 그것을 나눌 상대가 있다. 그것만으로도 인생은 아직 쓸 만하다.'「피아니스트의 전설」에서 말했잖아. 쓰타야, 지금 내게는 너야말로 그런 상대고, 네가 있어서 내 인생은 아직 쓸 만하다고 생각해."

"고, 고마워."

그 한마디를 하고, 쓰타야는 말없이 계속 울었다.

"어떻게 됐어, 골랐어?"

영화관에 도착한 나를 맞아주며 그녀가 물었다.

"으응, 이거."

나는 패키지를 그녀에게 건넸다.

"라임라이트라. 과연, 꽤 괜찮은 선택이네."

그렇게 말하며 그녀가 DVD 패키지를 열었다.

그리고 할 말을 잃었다.

거기에는 디스크가 들어 있지 않았다. 빈 패키지였던 것이다.

그 비디오 대여점은 DVD를 패키지 상태로 빌려주는 형태의 오래된 시스템이라 간혹 이런 실수가 있었다. 하지만 하필 왜 이런 타이밍에!

통한의 실수잖아, 쓰타야.

하긴 그렇다. 「포레스트 검프」에서도 말했다.

"인생은 초콜릿 상자 같다. 열어보지 않는 한 뭘 얻을지 알 수 없다."라고.

정말로 열어보지 않는 한 알 수 없다. 이런 것이다, 내 인생은. 다가가서 보면 비극이지만, 물러나서 보면 희극이다.

"어떡할래? 필름이 몇 개 있긴 한데……."

나는 한동안 생각에 잠겼고, 그리고 한 가지 결론을 내렸다. 아니, 어쩌면 결론은 이미 오래 전에 나 있었는지도 모른다.

인생 최후에 어떤 영화를 볼 것인가. 결국에 다다른 대답은 지극히 간단했다.

나는 극장으로 들어가 앉았다. 뒤에서 네 번째 줄, 오른쪽에서 세 번째 자리. 학창 시절부터 정해둔 위치다.

"시작한다—."

영사실에서 그녀의 목소리가 들렸고 상영이 시작되었다. 스크린에 빛이 투사되었다.

하지만 거기에 자리한 것은 공백이다. 그저 하얀 직사각형 빛이 스크린을 비추고 있다.

나는 아무것도 선택하지 않았다.

그리고 공백인 스크린을 보며 예전에 봤던 사진 한 장을 떠올렸다.

그것은 영화관 사진이었다. 영사실에서 객석과 스크린을 찍었다. 한 편의 영화를 기록한 사진이라고 한다. 영화가 시작됨과 동시에 셔터를 열고, 영화 종료와 동시에 셔터를 닫는다. 두 시간 분량의 모든 장면의 빛을 흡수한 스크린은 새하얀 직사각형으로 사진에 기록되는 것이다.

내 인생도 그럴지 모른다. 한 편의 영화에는 온갖 우스꽝스럽고 비극적이고 희극적인 내 인생이 비춰진다. 그러나 그것을 사진 한 장에 담는다면, 거기에 남는 것은 새하얀 스크린인 것이다. 온갖 희로애락을 거쳐서 내 인생은 새하얀 영화로 기록된다. 거기에는 아무것도 없다. 단지 순결할 정도로 깨끗한 공백이 자리할 뿐이다.

영화를 오랜만에 보면, 예전과 전혀 다른 인상을 받을 때가 있다.

당연한 얘기겠지만, 영화가 변한 게 아니다. 결국 그 순간 자기 자신이 변했음을 알아차린다.

자신의 인생이 영화라고 한다면, 틀림없이 그때그때마다 자기의 인생을 바라보는 시각은 변할 것이다. 끔찍이 싫었던 어떤 장면이 사랑스럽게 느껴지거나 그토록 슬펐던 장면에서 웃어버리거나 한없이 좋아했던 여주인공을 어느새 까맣게 잊어버렸거나.

그런 의미에서 지금 떠오르는 것은 어머니와 아버지와 함께했던 좋은 추억뿐이다.

세 살 때, 처음으로 영화관에 따라갔다. 「E. T.」를 본 것이다. 영화관 안은 캄캄하고 시끄럽고 팝콘 냄새가 가득했던 것을 지금도 기억한다.

오른쪽에 아버지가 앉고, 왼쪽에 어머니가 앉았다. 나는 어두운 영화관 안에서 부모님 사이에 끼어, 도망치고 싶어도 도망칠 수 없는 상태로 잔뜩 겁을 먹은 채 스크린을 바라보고 있었다. 그렇다 보니 영화 내용은 거의 기억나지 않는다.

단 하나, E. T.를 태운 소년 엘리엇의 자전거가 하늘을 나는 장면만은 강렬하게 기억한다. 그때 소리를 지르고 싶은 듯한, 울고 싶은 듯한, 여하튼 이게 영화구나 하는 압도적인 감동에 사로잡혔던 기억이 아직까지도 생생하다. 나는 그때 아버지의 손을 꽉 잡았고, 아버지도 내 손을 힘껏 잡아주었다.

몇 년 전에 디지털 리마스팅(*일반 필름을 아이맥스 포맷으로 변환하는 기술)한 「E. T.」가 늦은 밤에 텔레비전에서 방영되었다. 광고가 중간에 끼는 영화는 보고 싶지 않아서 끌까 했지만, 역시 보기 시작하니 재미가 있어서 푹 빠지고 말았다.

그로부터 이십오 년이 경과되었다. 하지만 나는 또다시 같은 장면에서 흘러넘치는 눈물을 주체할 수 없었다.

세 살 때랑 똑같이 감동한 것은 아니다. 다만, 그 당시의 나는 하늘을 날 수 있다고 믿었다. 그로부터 이십오 년이 지났고, 지금의 나는 이미 하늘을 날 수 없다는 것을 알고 있다. 그리고 내 오른쪽에 앉아 있던 아버지와는 벌써 몇 년째 말을 하지 않았고 만나지도 않았다. 왼쪽에 앉아 있던 어머니는 이미 이 세상에 없다. 나는 하늘을 날 수 없다는 걸 알고, 그리고 그때 그 시간이 두 번 다시 돌아오지 않는다는 것을 안다.

어른이 되어 얻은 것과 잃은 것. 이제는 두 번 다시 돌이킬 수 없는 감동과 감정. 그런 생각을 하니, 왠지 한없이 슬퍼져서 눈물을 멈출 수 없었던 것이다.

나는 영화관 안에 홀로 앉아 새하얀 스크린을 올려다보며 생각했다.

만약 내 인생이 영화라면.

내 인생은 코미디일까 서스펜스일까, 아니면 휴먼드라마

일까. 어쨌거나 러브로맨스는 아니겠지.

채플린이 노년에 말했다.

"나는 걸작은 남기지 못했다. 그러나 사람들을 웃겼다. 나쁘진 않았다."

펠리니도 말했다.

"영화로는 어떤 꿈이든 구체화할 수 있다."

그들은 걸작을 남겼고, 사람들을 웃겼고, 꿈을 심어주었고, 기억에 남았다.

하지만 생각하면 할수록 내 인생은 도저히 영화가 될 것 같진 않았다.

하얀 스크린을 보며 상상해보았다.

감독은 나다. 수많은 스태프와 캐스트들은 나와 관계를 맺어온 가족이나 연인이나 친구들이다.

삼십 년 전, 내가 태어난 순간부터 이야기는 시작된다.

갓난아기인 나. 미소를 머금은 아버지와 어머니. 모여드는 친척들. 번갈아가며 나를 품에 안고, 손을 잡고 얼굴을 만진다. 그 후로 몸을 뒤집고, 엉금엉금 기고, 마침내 일어서서 아장아장 걷기 시작한다. 그 모습에 아버지와 어머니는 일희일비하며 옷을 사 입히고 먹을 것을 주고 마음을 다해 놀아준다.

딱히 이렇다 할 것 없는 평범한 인생의 시작이다. 그러나 더없이 행복한 오프닝이다.

당연하다는 듯이 싸움을 하고, 울고, 웃고, 조금씩 커가는 나. 아버지와의 대화가 차츰 줄어든다. 그토록 오랜 시간을 함께했건만 왜 그럴까. 이유는 딱히 짐작이 가지 않는다.

어느 날, 집에 들어온 고양이. 이름은 양상추. 어머니와 나와 양상추의 행복한 시간. 그러나 양상추는 죽고, 어머니도 죽는다. 영화의 가장 비극적인 장면이다.

남겨진 양배추와 나. 둘이 살아가기로 결정한다. 그 장소에 아버지는 없다. 나는 우편배달 일을 시작하고, 평범한 일상을 살아간다.

따분하다. 그 모든 게 범용한 장면과 경박한 대사의 축적일 뿐이다. 이 얼마나 싸구려 영화인가. 게다가 이 영화의 주인공(나!)은 자기 삶의 의미나 가치에 당당히 맞서지 않는 무기력하고 재미없는 남자다.

있는 그대로 쓰면 얘기가 안 된다. 그러니 각본은 최대한 단적으로, 또한 극적으로 각색해버리자. 세트는 밋밋해도 좋으니 최소한 은근한 멋이 풍기도록 꾸미자. 소도구는 충실하게 갖추고, 의상은 흰색과 검정색이면 오케이.

편집은 어때야 할까. 거의 다 따분한 장면뿐이니 과감하게 싹둑싹둑 편집할 수밖에 없다. 하지만 그랬다간 영화가 오 분 정도밖에 안 될 것 같다. 곤란하다. 되도록이면 쭉 한 번 훑어보자. 보고 싶지 않은 장면투성이인데 지질하게 길다. 반대로 조금 더 보고 싶은 장면은 볼 만한 대목에서 커트되어 버린다. 그런 인생이다.

어떤 음악이 깔릴까. 아름다운 피아노 선율일까, 웅장한 오케스트라일까. 아니, 경쾌한 기타 반주일지도 모른다. 어쨌든 부디 이것만은 부탁하고 싶다. 슬픈 장면일수록 밝은 음악을!

그렇게 영화가 완성된다. 규모가 작고 수수한, 필시 히트 같은 건 못 칠 영화라서 조용히 개봉됐다 조용히 내려지겠지. 결국은 비디오 대여점 한구석에서 빛이 바래갈 영화일지도 모른다.

라스트신이 끝난다. 영화가 암전된다. 엔딩롤이 올라간다.

만약 내 인생이 영화라면. 나는 엔딩롤이 끝난 후에도 그 사람 안에 남아 있는 영화이고 싶다. 비록 작고 밋밋한 영화일지라도 그 영화에서 인생의 위안과 격려를 받는 사람이 있었으면 좋겠다.

엔딩롤 후에도 인생은 계속된다. 누군가의 기억 속에서

내 인생이 계속 이어지길 진심으로 기원했다.

두 시간의 상영이 끝났다.

영화관 밖으로 나오자, 주위는 고요한 어둠에 휩싸여 있었다.

"지금 슬퍼?"

영화관에서 나왔을 때, 그녀가 내게 물었다.

"모르겠어."

나는 대답했다.

"그럼, 지금 행복해?"

"미안해, 모르겠다."

나는 알 수 없었다. 내가 죽는 것이 슬픈지, 아니면 세상에서 소중한 것이 사라져가는 게 슬픈지. 스스로도 도무지 알 수가 없었다.

"혹시 너무 괴롭고 힘들어서 견딜 수 없을 때는 언제든 찾아와."

그녀가 말했다.

"고마워"라고 대답하고, 나는 언덕길을 올라갔다.

"잠깐만!"

그녀가 등 뒤에서 말을 건넸다.

"마지막 퀴즈!"

"또?"

"진짜로 마지막이야!"

그렇게 말하는 그녀는 울고 있었다.

그 얼굴을 보니 나도 눈물이 날 것 같았다.

"좋아, 마지막이니 힘내볼게."

"난 결말이 슬픈 영화를 보면, 꼭 다시 한 번 더 보거든. 왜 그런지 알아?"

그 질문의 대답. 그것만은 또렷이 기억하고 있었다.

부에노스아이레스에서 돌아오는 비행기에서 내가 줄곧 기원했던 것. 그녀와 헤어진 후에도 한동안 줄곧 기원했던 것.

"알지."

"그럼, 말해봐."

"……이번에는 어쩌면 해피엔딩으로 끝날지도 모르니까."

"정답!"

그렇게 말한 그녀는 소맷자락으로 눈물을 쓱쓱 훔쳐내고, "포스가 함께하기를!"이라며 손을 크게 흔들었다. 휙휙 소리가 나겠다 싶을 만큼 활기차게, 손을 크게 흔들었다.

"아일 비 백!"

나는 눈물을 꾹 삼키며 대답했다.

집으로 돌아오니 알로하가 싱글벙글거리며 기다리고 있었다. 그리고 윙크(라고는 하지만 역시나 두 눈을 감았지만)를 하고 영화를 없앴다.

알로하가 영화를 없애는 순간, 나는 어머니를 떠올렸다. 아니, 어머니라기보다 어머니가 좋아했던 이탈리아 영화를 떠올렸다.

「길」이라는 오래된 이탈리아 영화다.

거칠고 무식한 잠파노라는 차력사와 그에게 팔려 와서 함께 떠돌이 생활을 하는 심약한 젤소미나라는 여자의 이야기였다.

잠파노는 젤소미나를 소중히 여기면서도 관계를 잘 이끌어가지 못하고, 가혹한 처사를 일삼는다. 그런데도 젤소미나는 헌신적으로 잠파노에게 최선을 다하지만, 잠파노는 몸이 허약해져버린 젤소미나를 버리고 떠난다.

몇 년 후, 바닷가 마을에 도착한 잠파노는 그곳에서 예전에 젤소미나가 불렀던 노래를 흥얼거리는 여자를 만난다. 그곳에서 그는 젤소미나가 죽었다는 소식을 듣는다. 젤소미

나는 죽었다. 그러나 그녀의 노래가 남았다. 잠파노는 그녀의 노래를 듣고, 그녀를 사랑했음을 알아차린다. 그리고 그는 바닷가에서 눈물을 흘린다. 울어도 그녀는 돌아오지 않는다. 그녀를 사랑했다. 그런데도 소중히 아껴주지 못했다.

너무 늦게 깨달았잖아, 나는 늘 그 영화를 볼 때마다 부아가 치민다.

"소중한 것 대부분은 잃어버린 후에야 깨닫는 법이야."

어머니는 그 영화를 보면서 자주 말했었다.

지금의 내가 그렇다. 지금 나는 영화를 잃는 게 너무 슬프고 너무 애달프다. 난 왜 이렇게 제멋대로일까 하는 생각이 들었다. 잃는 걸 알아챈 순간, 수많은 영화들이 얼마나 나를 지탱해주고 형성시켜 왔는지 깨달은 것이다. 그런데도 나는 내 생명이 아까웠다.

그리고 쾌활한 악마는 잇달아 다음에 없앨 것을 알렸다.

나는 더 이상 아무 생각도 할 수 없어서 그 요청을 받아들였다.

그로 인해 양배추가 그 지경이 될 줄은 그때의 나로서는 상상조차 할 수 없었지만.

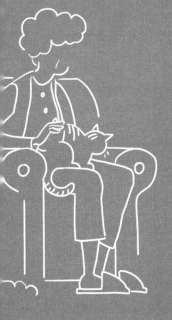

목요일
세상에서 시계가 사라진다면

어찌된 영문인지, 불가사의한 일은 꼬리를 물고 잇달아 일어난다.

열쇠를 잃어버렸나 싶으면 지갑도 어딘가에 흘려버렸듯이, 고교야구의 인기가 기적적으로 지속되듯이, 도키와장(*일본 도쿄도 도시마구에 있었던 다가구주택. 당시 만화잡지사였던 학동사가 회사 잡지에 만화를 연재하던 만화가들을 이곳에 많이 입주시켰고, 그들 중 유명 만화가가 많이 배출되어 유서 깊은 장소가 됨)에 천재 만화가들이 속속 모여들었듯이.

그리고 나는 말기암에 걸렸고, 악마가 나타났고, 이 세상에서 전화와 영화가 사라졌고…… 그리고 사랑하는 내 고양이가 말을 하기 시작했다.

"대체 언제까지 주무시려 하시옵니까?"

이건 꿈이다.

"얼른 일어나시옵소서."

꿈이 틀림없다.

"이제 그만 일어나시옵소서!"

아니, 그런데 꿈은 아니다. 말을 하는 것은 분명 양배추였다. 게다가 무슨 영문인지 시대극풍의 말투였소이다. 아니, 아니지, 전염될 상황이 아니지! 이게 대체 어찌된 일일까?

"어찌된 일인가 혼란스럽겠지?"

알로하가 히죽히죽 웃으며 모습을 드러냈다. 오늘은 스카이블루 알로하셔츠다. 옷을 또 갈아입었다. 빙글빙글 회오리치는 커다란 무지개 막대사탕과 컬러풀한 잉꼬 무늬가 어우러진 화려한 셔츠. 눈이 따끔거린다. 막 잠에서 깨서 보기에는 눈에 대한 배려가 너무 부족한 배색이다. 나는 짜증을 내며 알로하에게 소리쳤다.

"그야 당연하지! 아침에 일어났더니 고양이가 '야옹'이 아니라 '하옵니다' 어쩌고저쩌고 떠드는 마당인데!"

"호오, 말씀을 꽤 잘하시네. 으음, 그건 내가 선사하는 자그마한 서비스랄까."

"서비스?"

"그래요. 전화가 사라지고, 그렇게 좋아하던 영화까지 사라져버렸으니 당신이 오죽 허전할까 싶어서. 대화할 상대나 취미 같은 걸 잃어버린 셈이니까. 그래서 고양이한테 조금 말을 하게 해본 거죠. 난 일단 마법을 쓸 수 있거든. 어쨌거나 악마니까."

그러고는 혼자 신이 나서 폭소를 터뜨렸다.

"아, 그렇지만 고양이가 느닷없이 말을 해도 곤란하니 원래대로 돌려주시죠."

"······."

알로하가 갑자기 입을 다물어버렸다. 뜻밖의 답변이었던 걸까.

"저어······ 제가 무슨 말실수라도······."

알로하는 여전히 침묵 중.

"혹시······ 되돌릴 수 없다거나?"

"아, 아니 뭐, 돌아가요. 언젠간 돌아간다고! 진짜야. 그렇지만 흐음, 그 타이밍은 하느님만 안다고 할까······ 난 모르지. 그도 그럴 게 난 하느님이 아니라······ 악마니까."

머리를 박살내버릴까! 싶었지만, 아무래도 악마를 상대로 싸우면 리스크가 꽤 클 테니 말을 꾹 삼키고 이불 속으로 파고들었다. 어쨌든 일어나고 싶지 않았다. 영화가 사라지고, 고양이가 말하는 세상으로는 돌아가고 싶지 않았다.

그러자 양배추가 내 머리맡을 오락거리며 본격적으로 깨우기 시작했다(양배추는 잠투정이 심한 나를 늘 이렇게 깨우곤 했다). 고양이(猫, 네코)의 어원은 '자는 아이(寝子, 네코, *고양이는 야행성이라 낮에는 많이 잔다는 데서 유래함)'라는 말을 들은 적이 있다. 하지만 그런 설은 거짓임이 틀림없다. 최근 사 년간, 양배추가 늘 일찍 일어나는 바람에 얼마나 곤혹을 치렀는지 모른다.

"이제 그만 일어나지 않으면 화내겠사옵니다!"

캬하— 하고 고양이답게 하악질을 하며 양배추가 나를 닦달했다.

"아, 더는 못 참겠다!"

나는 현실을 받아들이기로 하고, 침대에서 벌떡 일어났다.

"그건 그렇고, 기억이 나실까?"

자리에서 일어나자, 알로하가 내 얼굴을 들여다보며 물었다.

"어, 무슨 얘기죠?"

"으윽 정말, 뭐긴 뭐야, 오늘 없앤 거 말이지."

으—음. 기억이 나지 않았다. 뭘 없앴을까. 일단 주변에 있는 물건에는 변화가 없는 것 같은데.

"죄송합니다만…… 뭐였죠?"

"아, 진짜. 시계잖아요, 시계."

"시계?"

"그래요. 당신은 오늘 시계를 없앴어요."

그러고 보니 그랬다. 나는 시계를 없앤 것이다.

세상에서 시계가 사라진다면.

이 세상은 어떻게 변할까. 나는 상상해보았다.

맨 먼저 떠오른 것은 아버지의 뒷모습이었다. 아버지는 조그만 시계방을 운영하고 있다.

예전에 우리가 살았던 집의 1층이 시계방이라 내가 내려가면 아버지는 늘 그 작은 등을 구부리고 어둠 속에서 책상 등을 켜고 시계를 수리하고 있었다.

아버지와는 이미 사 년이나 만나지 않았다. 그러나 지금도 틀림없이 그 작은 마을 한 귀퉁이에 있는 조그만 시계방에서 시계를 수리하고 있을 것이다.

만약 세상에서 시계가 사라져버리면, 시계방은 더 이상 필요치 않다. 그 조그만 시계방도 아버지의 일도. 그런 생각을 하니 내가 저질러버린 일에 가슴이 조금 아파왔다.

그런데 정말로 세상에서 시계가 사라져버린 걸까. 선뜻

믿기지는 않았다. 주위를 둘러보았다. 분명히 팔에 차고 있던 시계가 사라지고 없었다. 방에 있던 작은 자명종시계도 보이지 않았다. 또다시 전화 때처럼 내 의식하에서만 벗어났을 뿐일지도 모르지만, 여하튼 이 세상에서 시계는 사라져버린 것 같다.

시계가 없는 공간으로 내던져지자, 시간 감각이 완전히 사라져버린 것을 알아차리게 되었다. 체감적으로는 지금이 아침이라는 걸 안다. 조금 늦잠을 잔 느낌이니 아마도 열한 시쯤으로 추정된다. 그러나 텔레비전을 켜도 시간 표시는 나오지 않았고, 휴대전화는 이미 사라져버렸다. 정말로 지금이 몇 시인지 알 수 없는 것이다.

그런데도 실감이 안 나는 이 느낌은 대체 뭐지? 지금까지 없애온 것과는 완전히 달랐다. 아버지에 대한 약간의 꺼림칙함 외에는 아무런 아픔도 고뇌도 없었다. 하지만 말은 이렇게 해도 분명히 여러 가지 영향은 있을 터였다. 세상은 시간으로 움직이게 마련이니까. 나는 상상의 범위를 조금 넓혀보았다.

보나마나 학교나 회사, 전철 등은 큰 혼란이 일어났겠지. 주식시장 같은 곳은 전 세계적으로 패닉 상태에 빠졌을 게 틀림없다. 컵라면을 너무 오래 방치해버릴 리스크(삼 분은 꽤 어려운 시간이다!)는 줄기차게 따라붙을 테고, 올림픽에서 100미터 달리기 경주를 할 수도 없다. 울트라맨 역시 우주로 돌아가는 타이밍을 알 수가 없다(삼 분은 역시 어렵다).

그런데 어찌된 걸까. 개인 수준에서는 아무런 영향이 없는 이 상황은? 왠지 혼자(+고양이) 살아가는 데에는 시계도, 그에 부수되는 시간도, 내 인생과는 전혀 상관이 없다는 생각이 차츰 들었다.

"애당초 시계 같은 게 왜 있었을까요?"

내가 알로하에게 물었다.

"좋은 질문이에요. 그렇지만 시계를 논하기 이전에 시간이라는 것 자체가 인간에게만 존재하는 겁니다."

"응? 무슨 의미죠? 전혀 모르겠는데……."

의표를 찌른 알로하의 발언에 내가 어리둥절해하자, 알로하가 말을 이었다.

"그러니까 시간이란 건 인간이 자기들 멋대로 정한 규칙이란 말이죠. 태양이 떴다 지는 주기는 자연 현상으로서 엄연히 존재하지만, 거기에 6시, 12시, 24시라는 '시간'을 붙여서 부르는 건 인간뿐이에요."

"듣고 보니…… 과연 그 말이 맞는군요."

"그래서 말인데, 인간 여러분은 세상을 있는 그대로 본다고 착각하지만, 실제로는 자기들 편한 정의에 적용시켜서 보고 있을 뿐이죠. 그래서 이번에는 방향을 살짝 틀어서 인간들이 멋대로 정한 '시간'이라는 규칙이 사라진 세상을 체험해보게 하려고 '시계'를 선택했단 말씀."

"선택했단 말씀이라니, 그렇게 가볍게……."

"어쨌든 그렇게 됐으니 즐거운 하루를! 뭐, 하긴 하루니 뭐니 하는 것도 더 이상 없지만!"

무책임한 말만 남긴 채, 알로하는 모습을 감췄다.

백 년간 일어난 사건도 역사책에 정리하면 열 페이지에 다 들어간다. 자칫하면 한 줄로 끝날 수도 있다.

내 여명이 얼마 남지 않았음을 알았을 때, 지금 내가 보내는 한 시간은 단지 60분이 아니라 3600초라고 생각하려 애썼다. 내 생명을 연도 분도 아닌 초로 생각하게 된 것이다. 그러나 시계가 사라진 지금, 더 이상 그런 사고방식 자체가 아무 상관없게 되어버렸다.

솔직히 지금 글을 쓰고 있는 '오늘'이라는 날의 요일 감각도 의심스럽다. 그래도 수요일 다음은 목요일이다. 아침이 왔으니 오늘이 목요일이라고 생각하기로 하자. 뭐 하긴,

그 요일이나 아침, 점심, 저녁이나 인간이 멋대로 정의한 것에 불과하지만.

딱히 할 일도 없어서 나는 시간을 때우려고 생각했다. 그런데 때울 시간이 없었다. 시간을 허투루 보내려 해도 허투루 보낼 시간이 없었다. 어쨌든 근거가 없는 것이다.

일어난 지 몇 분이나 지났을까. 평소 버릇대로 침대 옆의 자명종시계로 고개를 돌렸지만, 거기에는 시계가 없다. 시계가 없는 세상. 그곳에서는 보이지 않는 시간의 흐름에 자기 자신이 무제한으로 둥둥 떠내려가서 점점 과거의 존재가 되어가는 듯한 감각에 사로잡힌다.

곰곰이 생각해보면, 인간은 시간이라는 규칙에 준해서 자고 일어나고 일하고 먹고 논다. 다시 말해 시계에 맞춰서 살아간다. 인간은 구태여 자기들을 제한하는 시간, 그리고 연월, 요일이라는 규칙을 발명했다. 게다가 그 시간이라는 규칙을 확인하기 위해 시계까지 발명했다.

규칙이 있다는 것은 그와 동시에 속박이 동반됨을 의미한다. 그런데 인간은 그 속박을 벽에 걸고, 방에 놓고, 그것만으로는 성에 차지 않아 행동하는 모든 장소에 배치했다. 급기야 자기 손목까지 시간을 휘감아두려 한다.

그러나 지금은 그 의미가 충분히 이해가 간다.

자유는 불안을 동반한다.

인간은 속박을 대가로 규칙이 있다는 안도감을 얻은 것이다.

그런 생각에 빠져 있는데, 양배추가 슬금슬금 다가와 몸을 비볐다. 양배추가 다가와 몸을 비빌 때는 예외 없이 뭔가를 조르는 것이다.

"왜 그러니, 양배추? 배고프구나?"

대체로 아침에 몸을 비비는 것은 배가 고프다는 신호다.

"아니옵니다."

"어?"

설마 했던 고양이의 말대답. 양배추가 땅이 꺼져라 한숨을 내쉬며 말을 이었다.

"나리는 늘 잘못 짚어."

"나리?"

아무래도 나를 부르는 말 같다. 철두철미하게 시대극적인 녀석이다.

"산책 가고 싶은데 밥, 밥 먹고 싶은데 낮잠, 낮잠 자고 싶은데 산책. 늘 조금씩 어긋난단 말이옵니다."

"어, 그랬니?"

사랑하는 나의 고양이가 고개를 크게 끄덕이며 말을 이었다.

"그렇사옵니다. 언제나 고양이 기분을 훤히 꿰뚫어보시는 줄 아시는데, 대부분은 헛짚고 있사옵니다. 딱히 심심하지도 않은데, 심심하냐며 간드러진 목소리로 속삭이시면 곤란하옵죠! 뭐 하긴, 나리만 그런 게 아니라 인간들 대부분이 그런 존재이긴 하옵니다만."

충격이었다. 양배추와 둘이 사 년이나 함께 살면서 우리는 서로를 잘 안다고 멋대로 확신하고 있었다. 그런데 내가 이렇게까지 착각하는 녀석이었을 줄이야. 말이 통하는 것은 잔혹한 일이다.

"그건 미안하구나, 양배추. 그럼 지금은 뭘 하고 싶니?"

"산책을 나가고 싶사옵니다."

양배추는 고양이 주제에 어릴 때부터 산책을 무척이나 좋아했다.

"양배추는 어쩐지 개랑 비슷한 고양이로구나."

어머니가 웃으며 양배추를 데리고 자주 산책을 나갔던 기억을 떠올렸다.

양배추에게 잠깐 기다리라고 말한 나는 무거운 몸을 일

으켜 화장실로 들어갔다. 안에서 볼일을 보고 있는데, 딸각 딸각 문손잡이를 건드리며 양배추가 들어왔다.

"아잉, 산책……."

알았다니까! 라며 양배추를 밖으로 내놓고, 서둘러 볼일을 마치고 세면대에서 세수를 했다. 내가 어푸어푸 세수를 하고 있는데, 등 뒤에서 싸늘한 시선이 느껴졌다. 뭐지, 이 압박감은?

뒤를 돌아보니 양배추가 기둥 뒤에 숨어서 이쪽을 엿보고 있었다.

"아아잉, 산책……."

"양배추, 조금만 기다리라니까."

본래는 "야옹"으로 끝날 게 '말'이 되고 보니 여간 큰일이 아니었다.

나는 서둘러 옷을 벗고 샤워를 했다. 샴푸를 짜서 바글바글 거품을 내며 머리를 감았다. 머리를 감느라 눈을 감고 있는데, 상투적인 호러 스타일이긴 하지만, 괴물이 나타날 때와 비슷한 섬뜩한 한기가 등줄기를 훑고 지나갔다. 이 한기는 또 뭐지! 나는 거품이 눈에 들어가지 않게 살며시 눈을 떴다. 그러자 양배추가 반쯤 열린 목욕탕 문틈으로 고개를 디밀고 중얼거리고 있었다.

"산책……."

스토커인 거야 뭐야! 하고 소리치고 싶은 충동을 애써 억누르고, 문을 쾅 닫은 후 머리를 헹궜다. 아침을 바나나와 우유로만 대충 때우고 후다닥 옷을 갈아입었다.

"문을 열어주시옵소서. 밖에 나가고 싶사옵니다."

양배추가 발톱으로 현관문을 박박 긁어댔다. 준비도 하는 둥 마는 둥 나는 양배추와 산책을 나가게 되었다.

밖은 화창해서 산책하기에는 더할 나위 없이 좋은 날씨였다. 앞서 걸어가는 양배추의 발걸음도 가볍다.

양배추는 언제나 제멋대로 들락날락거리는 고양이라 밖에서 뭘 하는지는 알 수 없었다. 그래도 오늘은 양배추가 먼저 요청을 했으니 일단은 양배추를 따라 산책을 함께하기로 했다.

양배추의 산책길. 어머니는 늘 양배추와 함께 산책을 나가곤 했다. 그런 생각을 하니, 내가 모르는 어머니를 어렴풋이 알 것 같은 기분이 들어서 어쨌든 오늘 하루는 느긋하게 양배추와 놀아주기로 한 것이다.

그리고 곰곰이 생각해보니 양배추가 왜 시대극풍의 말투를 쓰는지 짐작이 갔다.

원인은 어머니다.

새끼고양이였던 양배추가 우리 집에 들어온 지 얼마 안 됐을 무렵, 어머니는 갑자기 텔레비전 시대극에 빠져들기 시작했다(우리 어머니도 세상 여느 어머니와 마찬가지로 느닷없이 수수께끼 같은 개인적 유행이 일었다 어느새 종식해버리는 습성을 갖고 있었다).

미토 고몬(*에도시대를 배경으로 한 일본의 텔레비전 시대극. 도쿠가와 미쓰쿠니를 모델로 한 미토 미쓰쿠니와 그의 수하들이 주인공으로 등장하는 모험 이야기), 망나니 장군(*에도시대의 정이대장군 도쿠가와 요시무네가 신분을 숨기고 거리로 나와 백성들과 교류하며 세상에 만연한 악을 척결한다는 권선징악 드라마), 도야마의 긴상(*에도시대의 벼슬아치였던 도야마 가게모토를 주인공으로 한 시대극).

"일본의 남자는 무릇 저래야 하는 법."

어머니는 영문 모를 '일본 대장부론'을 이러쿵저러쿵 늘어놓으며 나를 그 개인적 유행의 소용돌이로 끌어들이려 했다.

"어머니, 미안하지만 난 텔레비전 시대극보다 영화를 보고 싶어요."

나는 정중하게 거절했다.

시대극을 같이 즐길 동료가 없었던 어머니는 아침부터 밤까지 양배추를 무릎에 앉히고 시대극을 보며 시간을 보냈다. 양배추는 분명 거기에서 '인간의 말'을 배웠으리라.

양배추의 말은 그야말로 어머니의 말투와 시대극의 말투가 교묘하게 믹스된 이상한 일본 말이 되어버렸다. 아아, 가엾기도 하지. 그러나 왠지 귀여운 면도 있으니 고치지 말고 내버려두자. 가여운 것과 귀여운 것은 왠지 비슷한 구석도 있으니……. 사뿐사뿐 걸어가는 양배추의 뒷모습을 바라보며 나는 그런 생각을 했다.

양배추가 가는 길에는 띄엄띄엄 잡초가 나 있었다. 전봇대 밑에는 자그마한 민들레가 피어 있었다. 그래, 이제 곧 봄이군. 양배추가 민들레 옆으로 다가가 킁킁 냄새를 맡았다.

"민들레구나."

내가 말하자, 양배추가 이상야릇한 표정을 지었다.

"이걸 민들레라고 부르옵니까?"

"몰랐니?"

"그러하옵니다."

"봄에 피는 꽃이야."

"그렇사옵니까……."

그때부터 양배추는 꽃에 흥미를 갖기 시작했는지, 길가에 핀 꽃으로 쉴 새 없이 다가가서는 "이건 이름이 무엇이옵니까?"라고 집요하게 물어댔다.

살갈퀴, 냉이, 봄망초, 마거리트, 광대나물.

길가의 잡초들은 겨울바람 속에서도 어렴풋한 태양의 온기에 기대어 수줍게 꽃망울을 피우고 있었다. 나는 기억을 총동원해가며 양배추에게 꽃 이름을 알려주었다. 신기하게도 까맣게 잊고 있었던 어린 시절의 기억이 잇달아 되살아났다.

그러고 보니 어린 시절에는 나도 어머니와 산책을 할 때마다 "이건 뭐야? 저건 뭐야?" 하고 끈질기게 물었다고 한다. 분명 지금 양배추 같은 느낌이었겠지. 그런데도 매일같이 나를 맞춰준 어머니는 참 대단한 분인 것 같다.

"꽃을 보면 주저앉고 또 다른 꽃을 보고 주저앉고. 산책이 좀처럼 끝나질 않아서 힘들었어."

어른이 된 나에게 어머니는 그런 말을 자주 했었다.

"그래도 아주 행복한 시간이었지."

몹시 그리운 듯이 어머니는 먼 곳을 바라보고 웃으며 말했다.

양배추와 나는 세월아 네월아 한껏 여유를 부리며 언덕 위의 공원에 다다랐다.

　높은 지대에 자리 잡은 공원. 눈 아래로는 언덕을 따라 이처럼 가지런히 집들이 늘어서 있고, 그 너머로는 군청색 바다가 보인다. 작고 아담한 그 공원에는 그네와 미끄럼틀, 그리고 시소가 설치되어 있었다. 어린아이들과 엄마들이 모래밭에서 놀고 있었다.

　양배추는 공원을 한 바퀴 휙 돌며 아이들과 적당히 어울려주고, 벤치에 앉아 장기를 두는 노인들 앞으로 가더니 "비켜!"라고 명령하듯 야옹 하고 울었다. 아무래도 나 이외의 인간에게는 양배추의 말이 안 들리는 모양이다.

　"그럼 못써, 양배추. 여기는 지금 이분들이 쓰고 있잖아."

　그런데도 양배추는 야옹야옹 계속 울어댔다. 그러고는 난데없이 장기판으로 훌쩍 뛰어오르는가 싶더니 장기짝을 엉망으로 흩어놓고 말았다. 노인들도 역시나 어이없는 표정을 지었지만, 그러면서도 매번 있는 일이라는 듯 선선히 벤치를 양보해주었다.

　양배추는 노인들에게 고개를 숙이는 나를 곁눈질하며 파란 페인트가 벗겨져 가는 나무 벤치 위에 풀썩 주저앉아 다리를 핥기 시작했다. 마치 그곳이 본래 제자리라는 듯이 당당한 모습이었다.

한동안은 움직일 기미가 없어서 나는 양배추 옆에 앉아 그저 멍하니 저 멀리 펼쳐진 바다를 바라보고 있었다. 무한히 이어질 것 같은 평화로운 세상. 나는 평소 버릇대로 공원의 시계탑으로 시선을 돌렸다. 역시나 시계는 보이지 않았다. 지금 이 평화가 시간이라는 규칙이 사라져서 만들어진 것인지, 평소부터 여기에 있었던 것인지 나로서는 판단을 내릴 수 없었다. 다만, 시계가 사라진 세상을 내 안으로 받아들이자, 왜 그런지 아주 평온하고 해방된 기분이 들었다.

"그나저나 인간은 참으로 불가사의한 생물이옵니다."

털 손질이 끝났는지 양배추가 갑자기 내 쪽을 획 쳐다보며 입을 열었다.

"그래?"

"꽃 같은 데 왜 이름을 붙이옵니까?"

"그야 종류가 다양하기 때문이지. 구별해야 하니까."

"종류가 있다고 왜 전부 이름을 붙이옵니까? 왜 굳이 구별할 필요가 있는지요? 꽃은 모두 '꽃'이라고 부르면 되잖습니까?"

지당한 말씀. 나는 엉겁결에 입을 다물어버렸다. 고양이에게 논박당한 남자(30세). 으윽, 한심하다. 그러나 그 말이 옳다. 사람은 왜 꽃에 이름을 붙일까. 꽃뿐이 아니다, 사물에도 색에도 형태에도 그리고 사람에게도. 이름이 왜 필요한 걸까.

시간이라는 것도 마찬가지다. 태양이 뜨고, 그리고 진다. 그런 자연현상에 인간이 제멋대로 연월일이니 시분초니 하는 '이름'을 붙였을 뿐이다.

그래서 양배추의 세상에는 시간이 없다. 당연히 시계도 없다. 정각이나 지각도 없다. 1학년, 2학년, 3학년도 없고, 1학기, 2학기도 없다. 여름방학도 겨울방학도 봄방학도 없다. 거기에는 오로지 자연현상을 중심으로 한 상황 변화와 배가 고프다, 졸리다 같은 몸의 반응이 있을 뿐이다.

시계가 사라진 세상에서 곰곰이 생각해보았다. 그러자 내 안에서 여러 가지 인간의 규칙들이 와해되어 갔다. 시간과 마찬가지로 색이나 온도라는 척도도 존재하지 않음을 알아차렸다. 모두 다 인간이 몸으로 느끼는 것에 인간이 '이름'을 붙였을 뿐이다.

요컨대 '인간 이외의 모든 세상'에서 본다면, 일 년도 하루도 일 초도 존재하지 않으며, 파랑도 빨강도 노랑도, 체온도 기온도 존재하지 않는다. 거기에는 오로지 인간이 어떻게 느끼느냐만 존재한다. 고양이에게는 아무 관계가 없는 것이다.

그런데 노랑이나 빨강이 없다면, 고양이는 애당초 민들레가 귀엽다고도 장미가 아름답다고도 느끼지 않는다는 뜻일까.

"그나저나 양배추, 이런 너의 산책을 매일 함께해준 어머니는 대단하시네."

"무슨 말씀이온지?"

"변덕스러운 네 장단에 맞춰주는 건 상당히 힘들었을 테니까. 어머니는 널 정말 귀여워한 모양이야."

"어머니?"

"어어, 내 어머니 말이야. 네 어머니이기도 하지."

"어머니라니…… 대체 누구 말씀이신지요?"

나는 할 말을 잃었다.

양배추는 어머니를 잊고 있었다.

그런 일은 있을 수 없었다. 아니, 있어서도 안 될 일이었다.

그날, 양배추를 주워왔던 어머니의 얼굴이 떠올랐다. 서글픈 듯한, 기쁜 듯한 얼굴. 그러면서도 희망으로 가득한 표정을 지었던 어머니. 늘 양배추와 함께 텔레비전을 보던 어머니. 양배추가 잠들 때까지 무릎 위에 놓고 어루만져주던 어머니. 결국 자기도 같이 잠들어버려서 소파에서 양배추와 나란히 몸을 옹크리고 자던 어머니. 그 평온한 얼굴. 가슴이 저렸다.

"정말로 어머니를 기억 못 하니?"

"그게 누구이옵니까?"

이 사람이 대체 뭘 묻는 거지? 양배추는 어리둥절한 표정을 지었다. 역시 기억을 못 하는 것이다. 슬프다기보다 괴로웠다. 양배추의 그 천진난만함이 이 잔혹한 상황을 더욱 두드러지게 했다.

동물이 언제까지고 주인을 못 잊는다는 '하치 이야기' 같은 얘기를 왠지 가슴속 깊이 믿고 있었다. 하지만 그것은 동물에 대한 인간의 환상이었을까. 양배추는 언젠가 나도 잊어버리게 될까. 양배추의 세상에서 내가 사라져버리는 날이 오는 걸까.

그런 생각을 하니 내가 무심히 지내온 시간이 더없이 소중하게 여겨졌다. 나는 앞으로 몇 번이나 양배추와 산책을 하고, 밥을 주고, 같이 아침을 맞을 수 있을까. 남은 인생에서 그토록 좋아하는 그 곡을 앞으로 몇 번이나 더 들을 수 있을까. 앞으로 몇 번이나 커피를 더 마실 수 있을까. 밥은 몇 번, 아침인사는 몇 번, 재채기는 몇 번, 웃음은 또 앞으로 몇 번이나 더 웃을 수 있을까?

이런 생각은 해본 적도 없었다. 부모도 마찬가지다. 어머니 또한 그랬다. 그것을 알았다면, 그 한 번 한 번을 얼마나 소중히 여겼겠는가. 어머니는 내가 그런 단순한 사실도 알아채기 전에 이 세상을 떠나버렸다.

내가 살아온 삼십 년간, 과연 정말로 소중한 일을 해왔을까. 정말로 먹고 싶은 것을 먹고, 만나고 싶은 사람을 만나고, 소중한 사람에게 소중한 말을 해왔을까.

나는 어머니에게 거는 전화 한 통보다 당장 눈앞의 수신 목록으로 전화를 거는 데 정신이 팔려 있었다. 정말로 소중한 것을 뒤로 미루고, 그다지 중요하지 않는 눈앞의 것을 우선하며 하루하루를 살아온 것이다.

눈앞의 것에 쫓기면 쫓길수록 정말로 소중한 것을 할 시간은 사라져간다. 그리고 끔찍하게도 그 소중한 시간이 사라져가는 것을 전혀 알아채지 못한다. 시간의 흐름에서 잠깐만 멈춰서 보면, 어떤 전화가 내 인생에서 더 중요한지 금방 알았을 텐데.

그리고 당장 눈앞에 닥친 본질적이지 않은 무수한 일에 쫓겨온 결과, 인생 마지막 시점에 '이건 아니었는데'라며 한탄하는 것이다.

나는 양배추에게 눈길을 돌렸다. 양배추는 벤치 위에 몸을 동그랗게 말고 잠들어 있었다.

새하얀 아름다운 네 다리를 흰색과 검정색과 회색의 앙상블이 멋들어진 몸속에 접어 넣듯이 하고 동그랗게 옹크리고 있었다. 나는 그 몸을 어루만졌다. 콩닥콩닥 심장이 뛰고 있었다. 잠든 그 모습에서는 상상할 수 없을 정도로 힘찬 박동이었다.

포유류는 어떤 동물이든 일생 동안 심장이 이십억 번 박동한다고 한다.

코끼리는 오십 년 산다. 말은 이십 년. 고양이는 십 년. 쥐는 이 년. 그래도 모두 다 평등하게 심장은 이십억 번 뛰고 죽는다.

인간은 칠십 년. 내 심장은 과연 이십억 번 뛰었을까. 쿵쾅쿵쾅 뛰는 이십억 번의 박동을 체험했을까. 아니다, 내 심장은 아직 절반도 뛰지 못했다. 싫다. 앞으로 남은 십억 번의 박동을 다하지 못한 채 죽기는 싫다. 양배추의 박동을 느끼며 나는 그런 생각이 강렬하게 들었다. 앞으로 반년이라도 한 달이라도 좋다. 지금부터 서둘러서 못 다한 십억 번의 박동을 체험하고 죽고 싶다. 그런 생각이 들었다.

나는 앞으로의 인생을 상상했다.

사랑한다. 사랑하는 사람을 만난 결혼을 결심한다. 프러포즈. 가슴이 두근거리기 시작했다. 나의 심장 고동이 점점 빨라졌다. 쿵쾅쿵쾅, 쿵쾅쿵쾅, 쿵쾅쿵쾅. 십억 분의 1회, 2회, 3회. 결혼식 날. 친구들의 축복. 쿵쾅쿵쾅. 아내가 임신한다. 함께 기뻐한다. 아이가 태어난다. 쿵쾅쿵쾅. 아이는 머지않아 일어서고, 걷고, 마침내 뛰기 시작한다. 그 자그마한 몸이 내 옆을 스치며 달려간다. 쿵쾅쿵쾅, 쿵쾅쿵쾅. 쿵쾅쿵쾅. 십억 분의 98회, 99회, 100회. 미래에 대한 상상이 심장박동을 가쁘게 몰아쳤다. 내 심장이 제 몫을 다할 때까지 앞으로 9억 9999만 9900번. 아직 한참 모자란다.

시간은 과거에서 미래로 흘러가는 게 아니고, 미래에서 현재로 흘러온다고 말한 사람이 있었다. 분명 지금까지의 내 인생은 과거에서 현재를 거쳐 무한한 미래로 나아갔다고 생각한다. 그런데 나의 미래가 유한하다는 말을 들은 순간부터 내 안에서는 미래가 나를 향해 다가오는 기분이 들었다. 이미 진즉에 확정된 미래를 내가 걸어간다. 그런 감각이다.

아이러니한 일이다. 생명이 얼마 안 남았다고 선고받은 데다 시간이 없는 세상에 내던져진 후에야 비로소 나는 난생처음 자기 의지로 미래를 바라보려 하는 것이다.

오른쪽 머리끝이 또다시 욱신욱신 쑤시기 시작했다. 호흡이 가빠졌다.

난 아직 죽고 싶지 않다. 더 살고 싶다.

그래서 나는 내일 또다시 이 세상에서 뭔가를 없앨 것이다.

내 목숨을 위해 내 미래에서 뭔가를 가로채면서.

양배추는 그 후에도 하염없이 잠에 빠져 있었다. 아이들이 공원을 떠나고, 태양이 서쪽으로 기울기 시작했을 무렵, 드디어 양배추가 눈을 떴다. 벤치에서 더 이상 못 뻗으니 그만두는 게 낫겠다 싶을 정도로 늘어져라 기지개를 켜고, 큰 하품을 꽤 오래도록 소화하고, 양배추가 내 쪽을 천천히 바라보았다.

"나리, 그만 가시지요."

잠에서 깬 양배추는 살짝 잘난 척하는 말투로 한마디를 툭 던지더니 벤치에서 폴짝 내려와 사뿐사뿐 언덕길을 내려갔다.

양배추가 향한 곳은 역으로 가는 길목에 자리한 상점가였다. 상점가로 들어서자마자 나오는 국숫집 앞에서 야옹(이보시오!) 하고 울었다. 그러자 주인이 가다랑어포를 들고 밖으로 나왔다. 가다랑어포를 득달같이 낚아챈 양배추는 또다시 야옹(고맙소!) 하고 운 뒤 걷기 시작했다. 이래서야 어느 쪽이 키우는 건지 알 수가 없다.

양배추는 상점가에서 엄청난 인기를 누리는 모양인지 가는 곳마다 환영받았다. 마치 내가 시중을 드는 하인 같았다. 사실은 주인인데.

그래도 한 가지 좋았던 점은 양배추의 인기 덕분에 채소도 생선도 반찬도 모두 서비스 가격으로 샀다는 것이다. 설마 했던 고양이 할인!

"앞으로 장을 볼 때는 꼭 양배추랑 같이 와야겠구나."

나는 장을 본 봉지를 잔뜩 들고 양배추에게 말했다.

"그야 상관없지만, 소인이 좋아하는 밥이나 제대로 만들어주시지요."

"늘 잘해줬잖아. 고양이밥."

그러자 앞에서 사뿐사뿐 걸어가던 양배추가 우뚝 멈춰섰다.

"왜?"

아무래도 화가 나서 몸을 바르르 떠는 것 같다.

"말이 나왔으니 말이지만…… 늘 하고 싶었던 얘기가 있사옵니다."

"뭔데? 뭐든 얘기해."

"고양이밥이라니, 그게 대관절 무엇이옵니까?!"

"어?"

"그건 단지 인간이 먹다 남긴 음식에 억지로 이름을 갖다 붙였을 뿐인 것입지요!!!"

화가 나서 감정이 복받쳤는지, 양배추는 날카롭게 울어 대며 옆에 있던 전봇대를 발톱으로 박박 긁었다.

고양이밥이 그렇게 싫었구나, 다시금 제멋대로인 인간의 규칙에 관해 깊은 생각에 잠겼을 즈음, 언덕 끝자락으로 우리가 사는 작은 아파트가 보이기 시작했다.

집으로 돌아온 양배추와 나는 같이 생선(고양이밥이 아닌)을 구워먹고, 또다시 고요하고 느긋한 시간의 흐름으로 돌아왔다.

"저기, 양배추."

"왜 그러시옵니까?"

"정말로 어머니 기억이 안 나니?"

"기억이 안 나옵니다."

"그래…… 역시 슬프구나."

"왜 슬프시옵니까?"

나는 양배추에게 '왜 슬픈지' 설명할 수 없었다. 양배추가 잊어버린 것을 책망할 수도 없었다. 그래도 양배추에게 내 심정을 전하고 싶었다.

나는 자리에서 일어나 옷장 깊숙이에서 종이상자를 꺼냈다. 먼지가 쌓인 종이상자 안에는 연지색 앨범이 들어 있었다. 나는 그 앨범을 양배추에게 보여주기로 한 것이다.

나는 양배추가 어머니를 기억해내길 바라는 걸까. 아니, 기억해낼 필요는 없다. 다만, 양배추와 어머니 사이에 있었던 시간을 전하고 싶었다.

나는 앨범을 들척이며 양배추에게 이런저런 얘기를 들려주었다.

이건 양배추가 무척이나 좋아했던 앤티크 흔들의자. 흔들흔들, 흔들흔들. 어머니 무릎 위에 앉아 흔들거리고 있는 이 새끼고양이가 양배추야. 너라고. 여기가 네 자리였어. 정신 못 차리고 좋아했던 털실. 끝도 없이 가지고 놀았지. 낡아빠진 양철 양동이. 정신을 차려보면 늘 그 속에 쏙 들어가서 어머니를 바라보곤 했었지. 마음에 들어 했던 옅은 녹색 수건. 원래는 어머니가 좋아했던 수건인데, 완전히 네 차지가 돼버렸지. 어머니가 크리스마스에 네게 선물한 작은 피아노 장난감. 아, 이 사진. 치고 있네, 치고 있잖아. 약간 거칠긴 해도 훌륭한 연주였어. 그리고 또 이거. 크리스마스트리. 해마다 어머니가 장식하기 시작하면, 넌 언제나 엄청나게 흥분했지. 금세 망가뜨려서 어머니가 꽤 힘들어 했어. 봐, 여기 이 사진. 네가 달려들어서 엉망진창이 됐잖아. 너무했어, 양배추. 그런데도 어머니는 왠지 즐거워 보이시네.

앨범이 끝나면 다시 다음 앨범으로. 나는 양배추에게 계속 말을 건넸다.

양상추 얘기도 했다. 양상추가 집에 왔던 비 내리던 날. 양상추가 죽어서 어머니가 꼼짝도 안 하게 되어버린 일. 그리고 어머니가 양배추를 주워온 날. 그 후로 지낸 나날들. 어머니가 병에 걸려버린 얘기. 양배추는 말없이 조용히 내 얘기를 듣고 있었다.

나는 이따금 "기억나니?"라고 물었지만, 양배추는 아무래도 전혀 기억을 못 하는 것 같았다. 양배추는 모든 걸 까맣게 잊어버린 것이다.

그런 양배추가 사진 한 장에 눈길을 멈췄다.

이른 아침의 아름다운 바닷가. 유카타(*목욕 후나 여름철에 입는 무명 홑옷)를 입은 어머니와 나, 그리고 아버지. 어머니는 휠체어에 앉아 있고, 그 무릎 위에는 언짢은 듯한 표정을 지은 양배추가 앉아 있다. 그리고 아버지와 나는 살짝 쑥스러운 듯이 웃고 있다. 그 웃는 얼굴이 어딘지 모르게 기이해서(우리 집안 남자들 사진은 늘 언짢은 듯한 표정이다) 나는 무심코 그 사진을 넋 놓고 바라보았다.

"이건 누구이옵니까?"

낯선 아버지 모습이 이상했는지 양배추가 흥미로운 듯이 물었다.

"이건 아버지야."

나는 무뚝뚝하게 대답했다. 고양이가 상대라도 아버지 얘기는 별로 하고 싶지 않았다.

"여기는 어디이옵니까?"

"이건 분명 온천에 갔을 때일 거야."

사진에 인쇄된 날짜를 보니 어머니가 돌아가시기 딱 일주일 전이었다.

"입원해서 못 움직이게 된 어머니가 난데없이 온천에 가고 싶다 하시더라고."

"이유가 무엇이옵니까?"

"마지막으로 추억을 만들고 싶었겠지. 여행 한번 제대로 못 해본 사람이었으니까."

양배추는 왜 그런지 그 사진을 뚫어져라 응시했다.

"무슨 생각이 나니?"

"아, 아니…… 뭔가가 느껴지옵니다."

어쩌면 양배추 안에 잠든 기억의 단편이 되살아나고 있을지도 모른다. 나는 양배추의 기억을 좀 더 끄집어내고 싶어서 그 사진에 관한 얘기를 들려주기로 했다.

지금으로부터 사 년 전의 일이다.

그 무렵 어머니의 병세는 이미 절망적인 상태였다. 매일 토하고 고통스러워해서 잠도 못 자는 나날들이었다. 그런데 어느 날 아침, 잠에서 깬 어머니가 난데없이 나를 불러서 얘기했다.

"바다가 보이는 온천에 가고 싶구나."

갑작스러운 요청에 당황한 나는 진심이냐며 몇 번이나 확인했지만, 어머니는 꼭 가고 싶다며 물러서지 않았다. 지금껏 그런 무리한 부탁을 한 번도 안 했던 사람이라 나는 적잖이 놀랐다.

나는 어렵게 의사를 설득해서 외출 허가를 얻어냈지만, 한 가지 골칫거리가 있었다.

"너랑 아버지랑 양배추랑 가족이 다 함께 가고 싶어."

어머니는 나와 아버지와 함께 가겠다고 고집했다.

그 당시 나는 어머니가 그런 상태임에도 불구하고, 아버지와 눈도 마주치지 않고 말도 하지 않는 상황이 이어지고 있었다. 오랜 세월 동안 응어리진 관계는 돌이킬 수 없는 지경까지 가버렸다. 그렇다 보니 아버지랑 온천에 가는 것은 물론이고, 아버지에게 그 얘기를 꺼내는 것조차 머뭇거려졌다. 하지만 그것이 어머니에게는 마지막 여행이라는 걸 알고 있었다. 나는 아버지를 설득하기로 했다.

"무슨 뚱딴지같은 소리야."

아버지는 예상했던 대로의 대답을 되풀이했고, 나는 그런 아버지에게 진저리를 치면서도 가까스로 설득시켰다.

어머니의 마지막 여행. 지금까지 어머니에게 여행다운 여행 한번 못 시켜드렸기에 나는 최고로 좋은 여정을 짜기로 했다. 전철로 세 시간이 걸리는 바닷가 온천지. 얕은 수심의 해안이 이어지고, 부드러운 태양빛으로 감싸인, 품격 있는 여관들이 바닷가에 늘어선 아름다운 고장이었다.

"언제 한번 가보고 싶구나."

어머니는 잡지에서 그 온천지를 볼 때마다 그렇게 말하곤 했다.

숙소는 최상급의 고품격 여관으로 정했다. 지은 지 백 년이 넘는 전통가옥을 개축해서 여관으로 꾸민 아름다운 숙소. 방은 두 개뿐이지만, 2층 방에서는 바다가 한눈에 내려다보인다. 노천탕 앞으로는 해안이 펼쳐져서 저녁노을도 감상할 수 있는 숙소였다. 어머니가 기뻐할 게 틀림없다는 생각에 나는 꽤 흥분해서 그 숙소를 예약했다.

그리고 약속한 그날, 우리 가족은 의사와 간호사들의 배웅을 받으며 여행을 떠났다. 오랜만에 가족 셋(과 고양이)이 함께 떠나는 여행이었다.

전철 안. 비좁은 칸막이 좌석에 나란히 앉아 있으면서도 변변히 대화를 나누지 않는 아버지와 나를 어머니가 빙그레 웃으며 바라보았다. 침묵의 세 시간이 이어지고, 급기야 한계에 다다르기 시작했을 때, 승무원이 안내방송으로 온천지 도착을 알렸다.

나는 어머니의 휠체어를 밀며 가벼운 발걸음으로 숙소로 향했다.

그런데 숙소에 도착해서 깜짝 놀라고 말았다. 내 예약이

제대로 안 돼서 이미 다른 손님을 받아버렸다는 것이다.

나는 화가 났다. 이것은 어머니의 마지막 여행이다. 그런데 너무나 불합리했다.

나는 전화로 예약을 했다고 거듭 하소연했다. 좀처럼 큰소리를 내지 않는 내가 그때만큼은 고함을 질렀다. 하지만 여관 여주인은 손이 발이 되게 빌 뿐, 어쩔 수가 없는 상태였다. 나는 어찌할 바를 몰랐다. 어머니에게 미안했다.

"신경 쓸 거 없어."

어머니는 웃으며 말했다. 그래도 나는 스스로를 용서할 수 없었다. 이해가 되지 않았다. 한심하고 분해서 눈물이 나올 지경이었다. 나는 어찌할 바를 모른 채 그저 우두커니 서 있었다.

그러자 아버지가 그 크고 단단한 손으로 내 어깨를 세게 두드렸다.

"노숙하긴 싫다."

아버지는 그렇게 말하더니 갑자기 달리기 시작했다. 나는 너무나 돌발적인 아버지의 행동에 깜짝 놀랐지만 어쨌든 허둥지둥 그 뒤를 따라 달렸다.

아버지는 죽 늘어선 여관으로 차례차례 뛰어 들어가 빈방이 있는지 물어보았다. 시계방 안에 몇 시간이고 말없이 앉아 시계 수리를 하는 아버지의 모습밖에 못 본 나는 그 모습에 놀라 압도당하고 말았다. 내 운동회에 와도 돌처럼 말없이 앉아 있던 사람이었기에 그렇게 이리저리 뛰어다니는 모습은 난생처음이었다.

"아버지가 저래 뵈도 옛날에는 발이 빠른 사람이었어."

작고 뼈대가 굵은 몸집에 어울리지 않게 아름다운 폼으로 온천 거리를 내달리는 아버지를 뒤따라가는데, 어머니가 내게 자주 들려줬던 그 말이 떠올랐다.

성수기 주말이라 그랬을까, 숙소는 어디나 만실이었다. 거절당하고 또 거절당하면서 아버지와 나는 이리저리 뛰어다녔다. 때로는 분담해서 때로는 같이 고개를 숙이며……. 어머니에게 노숙을 시킬 수는 없었다. 이것은 어머니의 마지막 여행이다. 마지막 추억인 것이다. 그것은 내가 어른이 되어 처음으로 아버지와 뜻이 맞아서 똑같은 심정으로 움직인 순간이었을지도 모른다.

우리는 바닷가의 여관을 찾고 또 찾으며 뛰어다녔고, 드디어 비어 있는 숙소를 찾아냈다. 주위는 이미 어두워져서 그 숙소의 외관은 잘 보이지 않았지만, 한눈에 보기에도 꽤 오래된 여관임을 알 수 있었다. 안으로 들어가자 역시나 건물이 많이 낡아서 걷기만 해도 삐걱삐걱 소리가 날 것 같은 숙소였다.

"꽤 좋은 숙소네."

어머니는 기쁜 듯이 말했다. 그래도 나는 괴로웠다. 그런 숙소에 묵게 할 생각을 하니 가슴이 미어질 것 같았다. 그러나 어쩔 수 없었다. 아버지 말대로 노숙을 할 수는 없는 노릇이었다. 우리는 하는 수 없이 그 숙소에 묵기로 했다.

여관은 오래됐지만, 여주인과 주인은 아주 친절했다. 식사도 화려하진 않지만 정성이 듬뿍 담겨서 맛있었다. 어머니는 수도 없이 "좋구나, 맛있구나" 하며 웃었다. 그 웃는 얼굴에 미안했던 내 마음이 조금은 누그러졌다.

그날 밤, 가족 셋이 나란히 이불을 펴고 잤다. 이게 대체 몇 년 만일까.

나는 오래된 널빤지 천장을 올려다보며 초등학생 때 살았던 집을 떠올렸다.

우리가 살았던 집은 방이 모자라서 언제나 2층 침실에서 가족 셋이 나란히 이불을 펴고 잤다. 이십 년이 더 지난 지금 우리는 다시금 이렇게 천장을 올려다보고 있는 것이다. 기분이 묘했다. 이 밤이 마지막 밤일 게 틀림없다. 그런 생각을 하니 잠이 오지 않았다. 분명 아버지도, 그리고 어머니도 잠을 못 이뤘을 것이다. 그 작고 어두운 방 안에는 잠든 양배추의 색색거리는 작은 숨결만이 파도소리에 어우러지며 울려 퍼졌다.

마침내 밖이 훤해지기 시작했다. 아마 네 시나 다섯 시쯤이었을까. 나는 잠자리에서 나와 창가 의자에 앉았다. 커튼을 열고 창밖을 내다본 나는 깜짝 놀랐다. 낡은 여관의 창밖으로 광활한 바다가 펼쳐져 있었기 때문이다. 지난밤에 어둠 속을 이리저리 뛰어다니며 찾아낸 숙소였기에 설마하니 이렇게 코앞에 바다가 있을 줄은 꿈에도 몰랐다.

그로부터 한동안 아스라한 빛에 감싸인 환상적인 바다를 바라보고 있으니, 등 뒤에서 아버지와 어머니가 일어났다. 돌아보니 둘 다 눈 밑에는 거뭇거뭇한 다크서클. 역시나 모두 잠을 이루지 못했겠지.

"사진 찍자. 아침 바다가 정말 좋아."

유카타를 입은 어머니가 창밖에 펼쳐지는 바다를 보고 내게 제안했다.

잠든 양배추를 어머니의 무릎 위에 억지로 앉히고, 옷매무새를 고친 후 방에서 나왔다. 휠체어를 밀고 바닷가로 향했다. 밖은 아직 어스름하고 쌀쌀했다. 좀 더 바다 가까이

가자고 어머니가 말했지만, 습하고 무거운 모래에 걸려서 휠체어가 좀처럼 앞으로 나아가지 못했다. 그러는 와중에 수평선 너머로 아침 해가 떠오르며 바다 표면을 찬란하게 비추기 시작했다. 이루 말할 수 없이 아름다운 그 풍경에 압도된 우리 가족은 우두커니 멈춰 서서 그저 물끄러미 바다만 바라보았다.

"얼른! 사진!"

어머니의 말에 정신을 차리고, 나는 부랴부랴 카메라를 준비했다. 아버지와 내가 교대로 사진을 찍으려고 하는데, 숙소 주인이 나와서 "찍어드릴까요?"라고 말을 건넸다. 눈부시게 빛나는 바다를 등지고, 휠체어에 앉은 어머니를 가운데 두고, 아버지와 내가 옆에 웅크려 앉았다. 가까스로 잠이 깬 양배추는 언짢은 표정으로 어머니의 무릎 위에서 늘어져라 하품을 했다.

"하나둘, 치즈!"

주인이 셔터를 눌렀다.

"고맙습니다."

내가 카메라를 받으러 가자, "아니, 한 장 더"란다.

나는 다시 어머니 곁으로 돌아가 나란히 섰다.

"웃으셔야죠…… 하나둘, 치즈 케이크!"

꽤나 강압적인 주인의 너스레에 우리가 억지로 웃음을 터뜨린 순간, 셔터가 눌렸다.

"뭐가 떠오르니?"

마지막 여행 이야기를 마친 내가 양배추에게 물었다.

"으으음…… 역시 기억이 안 나옵니다."

"그래, 안타깝구나. 양배추."

나는 솔직히 실망이 컸다. 하지만 어쩔 수 없었다.

"죄송하옵니다. 도무지 떠오르질 않사옵니다. 다만……."

"다만?"

"행복했다는 것만은 기억하고 있사옵니다."

"행복했다고?"

"그렇사옵니다. 이 사진을 찍은 이 순간이 행복했다는 것만은 기억하고 있사옵니다."

어머니도, 아버지도, 오래된 낡은 여관이나 이 바다도 양배추는 전혀 기억하지 못했다. 그런데도 '행복했다'는 것만은 기억하고 있었다.

왠지 신기한 말이었다. 내 안에 뭔가 걸리는 게 있었다.

그리고 새삼 다시 사진을 보고야 나는 알아차렸다.

"어머니는 당신이 여행을 가고 싶었던 게 아니었어."

단지 아버지와 내가 화해하길 바랐을 뿐이다.

아버지와 내가 마지막으로 함께 시간을 보내고, 얘기를 나누는 모습을 보고 싶었을 뿐이다.

아, 하는 신음소리가 무심코 흘러나왔다.

왜 못 알아챘을까. 나를 낳은 후로 그날까지 모든 시간을 오로지 아버지와 나를 위해서만 바쳐온 어머니가 마지막 순간에 자신을 위해 그 시간을 쓸 리가 없었다. 어머니는 마지막까지도 아버지와 나를 위해 자신의 시간을 내주려 한 것이다.

어머니, 내가 감쪽같이 속았네. 지금까지 까맣게 몰랐어. 나는 사진을 바라보았다. 사진 속의 아버지는 왠지 멋쩍은 듯 웃고 있었다. 나도 꼭 빼닮은 얼굴로 멋쩍은 미소를 머금고 있었다.

그리고 어머니는 더할 나위 없을 만큼 행복한 얼굴로 웃고 있었다.

어머니의 그 얼굴을 보고 있으니 가슴이 먹먹해졌다. 괴롭고 슬프고 스스로가 한심스러워서. 정신을 차려보니 양배추 앞에서 눈물을 흘리고 있었다. 소리도 없이, 표정의

변화도 없이. 그저 사진을 바라보며 나는 조용히 울고 있었다.

괜찮으시옵니까? 하는 기색으로 다가온 양배추가 무릎 위에 사뿐히 올라앉았다. 그 온도가 내 몸으로 전해지며 마음이 차츰 편안해졌다.

고양이는 대단한 녀석이다. 평소에는 내 기분에 반응해주지 않으면서 진짜로 괴로울 때는 이렇게 곁에 있어준다.

시간과 마찬가지로 고양이의 세상에는 '고독'도 존재하지 않겠지. 다만, '나만 있을 때'와 '나 이외에도 있을 때'가 존재할 뿐이다. 고독은 인간만의 소유물이다.

그렇지만. 나는 어머니의 웃는 얼굴을 바라보며 생각했다.

고독이 있기에 우리에게는 '어떤 감정'이 있다.

나는 따뜻한 그 몸을 어루만지며 양배추에게 물었다.

"으음, 양배추! 넌 사랑이란 걸 아니?"

"그것이…… 무엇이옵니까?"

"뭐 하긴, 고양이는 모를 수도 있지만, 인간에게는 있단다. 누군가를 좋아하거나 소중히 여기거나, 어쨌든 같이 있고 싶다고 느끼는 기분이지."

"그건 좋은 것이옵니까?"

"흐—음. 뭐, 귀찮기도 하고 때로는 거추장스럽기도 하지만, 그래도 좋긴 해. 응, 아주 좋은 거야."

그렇다, 우리에게는 사랑이라는 감정이 있다.

어머니의 이 표정을 사랑이라 부르지 않고 뭐라 표현하겠는가.

그리고 그 사랑이라는, 인간 특유의 귀찮고 거추장스럽고 그러면서도 인간을 절대적으로 지탱해주는 그것은, 시간과 아주 비슷하다. 시간, 색, 온도, 고독, 그리고 사랑. 인간 세상에만 존재하는 것들. 인간을 규제하면서도 인간을 자유롭게 해주는 것들. 그런 것들이야말로 우리를 인간답게 만든다.

그렇게 생각한 순간, 내 귀에 째깍째깍 하는 시계 소리가 들려왔다.

화들짝 놀라 침대 옆을 바라보았다. 역시 시계는 없었다.

그러나 눈에는 보이지 않지만, 분명히 거기에 나를 지탱해주는 뭔가가 있음을 느꼈다.

무수한 째깍째깍 소리가 이 세상에 사는 모든 인간들의 심장소리처럼 들려왔다.

돌아가는 스톱워치 초침.

100미터를 질주하는 유연한 육체의 사나이들.

빙글빙글 도는 초침. 버튼이 눌린다.

눌린 것은 자명종시계의 버튼.

버튼을 누른 아이들은 침대 속으로 파고든다.

아이들이 꾸는 꿈속에서는 벽시계가 획획 돌아가며 눈
깜짝할 새에 아침이 찾아온다.

아침 햇살을 받아 반짝이는 시계탑.

그 밑에서 만날 약속을 하는 연인들.

그 연인들 옆을 잰걸음으로 스쳐 지난 내가 정류장으로
간다.

손목시계를 본다.

평소와 다름없이 조금 늦다 싶게 온 노면전차에 올라탄
다.

도착한 곳은 조그만 시계방.

빽빽이 들어찬 수많은 시계들.

째깍째깍, 째깍째깍. 울려 퍼지는 소리. 시간이 흘러가는
소리.

그 소리의 기척에 나는 한참동안 귀를 기울인다.

어릴 때부터 줄곧 들어왔던 소리.

나를 규제하고, 자유롭게 하는 소리.

마음이 서서히 평온해졌다.

이윽고 그 소리는 조금씩 조금씩 저 멀리로 사라져갔다.

"음, 양배추, 그만 잘까."

앨범을 치우고, 내가 양배추에게 말을 건넸다.

양배추가 야옹 하고 울었다.

"양배추, 왜 갑자기 고양이처럼 굴어."

썰렁한 농담이옵니다, 라는 양배추의 말은 되돌아오지 않았다.

양배추는 그냥 야옹야옹 울 뿐이다. 안 좋은 예감이 들었다.

"실망이 크시옵니까?"

별안간 등 뒤에서 소리가 들려왔다. 깜짝 놀라 돌아보니 알로하가 서 있었다. 해골과 칼이 어우러진 섬뜩한 무늬의 검은 알로하셔츠를 입고 히죽거리고 있었다.

"나리께서는 이제 곧 세상을 뜨시옵니까?"

"웃을 만한 농담은 아니군요."

"어이쿠, 죄송합니다~! 어쩐 일인지 예상했던 것보다 마법의 효능이 오래 가진 않는군요. 벌써 평범한 고양이로 돌아가버렸네! 실망이 크시옵니까?"

"그만하시죠."

"싫으시죠, 하지만 마침 잘됐어요."

그러더니 알로하가 또다시 히죽거렸다. 그 언젠가 봤던 악마적인 웃음.

지금까지와는 조금 달랐다.

악의. 이것 또한 인간만 가질 수 있는 감정.

"다음으로 이 세상에서 없앨 걸 정했어요."

알로하가 웃으며 말을 이었다.

안 좋은 예감이 들었다. 심장이 쿵쾅쿵쾅 뛰고 숨이 가빠졌다.

상상력. 인간만 가질 수 있는 능력.

잔혹한 이미지가 내 머릿속을 맴돌았다.

"안 돼!"

엉겁결에 소리쳤다. 아니, 내가 소리친 게 아니다. 나와 똑같은 얼굴을 한 악마가 소리친 것이다.

"안 돼! 라고 소리치고 싶겠죠?"

알로하가 웃었다.

"제발 부탁이니…… 그러지 마."

나는 애원했다. 나약하게 무릎을 꿇으며.

그리고 악마는 내게 말했다.

이 세상에서 고양이를 없앱시다, 라고.

금요일
세상에서 고양이가 사라진다면

몸이 떨린다.

괴로운 듯이 나지막한 소리로 야옹 하고 운다.

도움을 바라는 걸까.

나는 아무것도 못 한 채, 그저 바라볼 수밖에 없다.

양상추는 몇 번이나 일어나려 했지만, 다리에 힘이 없는 지 금세 주저앉고 만다.

"이제 틀렸는지도 몰라."

내가 중얼거린다.

"그래, 그럴지도 모르겠구나."

어머니가 슬프게 대답한다.

양상추가 잠에만 빠져 지낸 지 닷새가 지났다.

그토록 좋아하던 참치도 거들떠보지 않았다. 물도 안 마셨다. 자는 시간은 점점 더 길어졌다. 그리고 끝내 일어서지도 못하게 되었다.

그런데도 양상추는 몇 번이고 일어서려 했다.

나는 포카리스웨트와 물을 섞은 액체를 양상추의 입에 넣어주었다. 그것을 살짝만 핥은 양상추가 비틀비틀 일어섰다. 이젠 일어설 체력조차 없으면서. 그런데도 일어섰다. 그리고 양상추는 휘청거리는 다리를 천천히 들어 올리듯이 걸으며 어머니 앞에까지 가서 쓰러졌다.

"양상추!"

나도 모르게 양상추를 안아 올렸다. 아직 따뜻한 몸. 비쩍 말라서 놀라울 정도로 가벼워져 있었다. 힘이 들어가지 않아 축 늘어진 그 몸은 미세하게 떨리고 있었다.

지금 양상추가 생과 사의 갈림길에 있는 게 생생하게 전해졌다.

두려움이 솟구쳐 올랐다. 눈앞에서 생명이 사라지는 것을 이해할 수 없었고 혼란스러웠다. 팔에서 힘이 쭉 빠져버린 나는 양상추를 어머니의 무릎 위에 가만히 내려놓았다.

양상추는 어머니의 무릎 위에 놓이자, 목젖을 가르랑가르랑 울리며 야옹 하고 울었다. 여기가 내 자리라고 말하듯이.

어머니는 양상추의 몸을 부드럽게 어루만졌다.

그러자 조용히 눈을 감은 양상추의 떨림이 가라앉았다.

양상추는 천천히 몸을 일으키더니, 마치 한순간 생기를 되찾은 것처럼 눈을 크게 뜨고 어머니와 나를 바라보았다. 그리고 마지막으로 숨을 크게 휴우 들이마신 후, 그대로 움직임을 멈췄다.

"양상추!"

나는 양상추의 이름을 몇 번이나 불렀다. 잠든 게 틀림없다고 생각했다. 몇 번이고 몇 번이고 부르면, 언젠가 눈을 뜰 거라 믿었다.

"조용히 놔두렴. 이제야 간신히 괴롭지 않은 곳으로 떠났으니."

어머니는 그렇게 말하며 양상추의 몸을 하염없이 어루만졌다.

"괴로웠지, 많이 힘들었지, 미안하구나, 아무것도 못 해줘서. 이젠 괜찮아. 이젠 괴롭지 않을 테니까."

어머니는 그렇게 말하며 눈물을 뚝뚝 흘렸다.

나는 그 모습을 보고서야 비로소 이해했다.

양상추는 죽었다.

옛날에 키우던 장수풍뎅이나 가재가 죽어서 꼼짝 않게 된 것과 똑같이 양상추도 죽은 것이다.

나는 넋이 나간 채 양상추의 몸을 만졌다.

아직 따뜻했다.

그리고 그 순간 내 눈에 들어온 것은 양상추의 유해도 울고 있는 어머니도 아니고, 양상추의 빨간 가죽 목줄이었다. 떼어내려고 수없이 물어뜯어서 너덜너덜해진 그 목줄.

조금 전까지 양상추 몸의 일부처럼 '살아 있었던' 그 목줄이 순식간에 단순히 까슬까슬한 빨간 덩어리로 변해버린 것처럼 보였다. 그 목줄을 만진 순간, 죽음의 실감이 파도처럼 밀려들어서 나는 토해내듯 울었다.

눈을 뜨자, 눈물이 흘러 있었다.

아직 어둡다. 새벽 세 시쯤이나 됐을까.

언뜻 보니 옆에서 자고 있던 양배추가 없다.

허겁지겁 일어나 주위를 둘러보니, 양배추는 내 발 밑에서 몸을 동그랗게 옹크리고 잠들어 있었다(변함없이 잠버릇이 험하다). 다행이다. 양배추는 아직 여기에 있다.

어젯밤에 알로하가 하루 생명과 맞바꾸는 조건으로 고양이를 없애자고 제안했다.

생명과 고양이. 지금의 나로서는 양배추가 없는 인생은 도저히 상상할 수 없다. 어머니가 세상을 떠난 후로 사 년간. 언제나 곁에 있어준 양배추. 괴로울 때나 즐거울 때나 늘 함께였다. 이 녀석을 없앤다니, 그럴 수는 없다. 그렇지만 대체 어쩌면 좋단 말인가.

세상에서 고양이가 사라진다면.

고양이가 사라진 세상은 무엇을 얻고, 무엇을 잃게 될까.

예를 들어 개가 사라진다면 어떨까. 코끼리는? 쥐는? 고래는? 새는?

일찍이 그 옛날 대홍수 전에 노아의 방주에 실렸던 동물들. 하느님은 무슨 기준으로 그 동물들을 선택했을까.

고양이가 사라진 세상에서는 쥐가 천적을 잃는다. 개 천하가 도래한다. 헬로키티도 도라에몽도 「이웃집 토토로」에 나오는 고양이버스도 사라져버린다. 나쓰메 소세키의 책 제목은 『나는 개로소이다』로 바뀌고, 『오늘의 네코무라 씨』 만화는 『오늘의 이누야마 씨』로 부득이 변경된다. 우리 주위에는 생각했던 것보다 고양이가 많다.

"인간과 고양이는 벌써 일만 년이나 함께 살아왔어. 그래서 고양이랑 내내 같이 있다 보면, 인간이 고양이를 키우는 게 아니라 고양이가 인간의 곁에 있어줄 뿐이라는 걸 차츰 깨닫게 된단다."

예전에 어머니가 했던 말을 떠올렸다.

동그랗게 몸을 옹크리고 잠든 양배추. 그 옆에 누워 얼굴을 들여다보았다. 평화롭기 그지없는 잠든 그 얼굴. 자기가 사라질 거라는 생각은 꿈에도 없다. 금방이라도 "밥 먹고 싶사옵니다"라느니 어쩌느니 떠들어댈 것만 같다.

그렇지만 그 잠든 얼굴을 물끄러미 바라보고 있으니, "소인은 나리를 위해서라면 사라져도 좋사옵니다"라고 말하는 것처럼 보이기도 했다.

본래 죽음의 개념이 있는 것은 인간뿐이라고 한다. 고양이에게는 죽음에 대한 공포라는 게 존재하지 않는다. 따라서 인간은 죽음에 대한 공포나 슬픔을 일방적으로 가슴에 품고 고양이를 키운다.

결국 고양이는 자기보다 먼저 죽고, 그 죽음이 이루 말할 수 없는 슬픔을 야기한다는 것을 알면서도. 그리고 그 슬픔은 불가피한 것이며, 언젠가는 반드시 찾아온다는 것을 알면서도. 그런데도 인간은 고양이를 키우는 것이다.

그렇지만 인간도 자신의 죽음을 자기가 슬퍼할 수는 없

다. 죽음은 나의 주변에만 존재한다. 본질적으로는 고양이의 죽음이든 인간의 죽음이든 다를 바 없다.

그렇게 생각하니, 인간이 왜 고양이를 키우는지 알 것 같은 기분이 들었다.

인간은 자기는 알 길 없는 자신의 모습, 자신의 미래, 그리고 자신의 죽음을 알기 위해 고양이와 함께 지내는 건 아닐까. 어머니의 말이 옳다. 고양이가 인간을 필요로 하는 게 아니다. 인간이 고양이를 필요로 하는 것이다.

그런 생각에 골똘히 빠져 있다 보니 오른쪽 머리끝이 욱신거리며 아프기 시작했다.

나의 몸. 죽음에 지배당한 나의 작은 몸. 침대에서 떨며 몸을 조그맣게 웅크린 무력한 나는 그때의 양상추랑 똑같은 것 같아서 가슴이 먹먹해졌다.

두통은 점점 더 심해졌다. 나는 부엌에 있는 진통제 두 알을 물로 삼키고 침대로 돌아왔다. 그리고 또다시 깊은 잠 속으로 빠져들었다.

"어떻게 할 거예요?"

어젯밤 알로하의 목소리.

"고양이랑 당신의 생명인데."

히죽히죽 웃으며.

"어려운 문제는 아닐 텐데. 당신이 없으면 고양이를 사랑해줄 수도 없으니까. 그에 비하면 잃는 건 아주 적죠."

"잠깐만 기다려주세요."

"고민할 대목인가요?"

"잠깐만 기다려요."

"알겠습니다. 그럼, 결론은 내일 중으로."

그렇게 말한 후, 알로하는 사라졌다.

잠이 깼다. 밖은 이미 훤했다. 아침이 온 것이다.

나는 천천히 일어나 양배추를 찾았다.

없다.

어디로 갔을까. 비몽사몽간에 고양이를 없애기로 결정해버린 걸까.

방 안을 둘러보았다. 양배추가 늘 잠을 자는 오렌지색 낡은 담요. 반쯤 물어뜯긴 쥐 장난감. 침대 밑, 무척이나 좋아했던 책꽂이 위, 화장실, 목욕탕에도 없었다.

비좁은 곳을 유난히 좋아하는 양배추. 늘 숨어 있던 드럼세탁기 속. 여기에도 없었다.

창가. 언제나 그리로 뛰어오르는 양배추. 살랑살랑 흔들리는 꼬리. 잘 때 등에서 느껴지는 둥그스름한 곡선. 잠시 후 새근새근 전해지는 숨결. 온기.

야옹 하는 나지막한 소리가 들린 것 같았다.

"양배추……."

나는 튀어오를 듯이 일어나 샌들을 꿰신고 밖으로 뛰어 나갔다.

어쩌면 바로 앞 주차장, 그 하얀 미니밴 밑에 숨어 있을 지도 모른다.

없다.

어제 양배추와 걸었던 산책길을 달려갔다.

공원에 갔을까.

언덕길을 달리고 또 달려서 공원에 도착했다.

또 그 벤치, 파란 페인트가 벗겨져 가는 벤치에 있을지도 모른다.

없다.

국숫집일까. 가다랑어포를 얻으러 갔을지도.

발걸음을 돌려 상점가로 향했다.

거기에도 없다.

"양배추!"

나는 닥치는 대로 이리저리 뛰어다녔다.

달리고 또 달려서 목이 바짝바짝 마르고, 폐는 타들어갈 듯이 뜨거웠다.

다리 근육이 찢어질 듯이 아팠다. 눈앞이 몽롱해졌다.

"어머니……."

달리다 보니 그날의 일이 떠올랐다.

이 몸의 고통과 마음의 고통이 뒤섞여서 간직하고 있는 기억.

떠올리고 싶지조차 않은 그날의 기억.

사 년 전이다.

그날도 나는 달리고 있었다. 병원을 향해. 전력을 다해서.

어머니가 발작을 일으켰다.

그 무렵, 오래도록 입원했던 어머니는 자는 시간이 점점 더 길어졌다. 발작을 자주 일으켰고, 그럴 때마다 나는 병원으로 달려갔다.

내가 병원에 도착했을 때, 어머니는 침대 위에서 몸부림 치며 고통스러워하고 있었다. 몸을 부들부들 떨며 계속 춥다고 호소했다.

"어머니!"

무서웠다.

어머니의 그런 모습을 본 적이 없었으니까. 밝고 상냥하고, 언제나 내 편이 되어줬던 어머니. 나에게는 절대적으로 안전하고 안심할 수 있는 장소. 그런 어머니가 사라져버리게 된다. 너무나 두렵고 슬퍼서 정신을 잃을 것만 같았다.

"미안해, 미안해."

어머니는 잠꼬대처럼 그 말을 되풀이했다.

가슴이 미어지고, 눈물이 흘러내렸다.

나는 무릎을 덜덜 떨면서 어머니의 등을 줄곧 어루만져 주었다.

한 시간이나 몸부림을 치며 괴로워하던 어머니는 점적 주사를 맞고 깊이 잠들었다. 방금 전까지의 고통이 거짓말처럼 느껴질 정도로 편안히 잠든 얼굴이었다. 긴장이 풀렸던 걸까, 나는 휘청휘청 병실 의자에 주저앉아 그대로 잠이 들어버렸다.

몇 시간이나 지났을까. 내가 눈을 뜨자, 어머니는 옆에서 조그만 전등을 켜고 책을 읽고 있었다. 거기에는 평상시의 어머니가 있었다.

"어머니, 괜찮아요?"

"일어났구나. 미안해, 이젠 괜찮아."

"다행이네."

"……그나저나 난 어떻게 될까."

어머니는 자기 팔을 찬찬히 살펴보았다. 비쩍 말라버린 팔.

"어쩐지 양상추 같구나."

"그런 소리 하지 마세요."

"그래, 미안하다."

병실로 저녁 햇살이 비쳐들었다. 평소에는 오렌지색 석양이 그날은 산뜻한 핑크색이었다.

병실에 장식해둔 사진 한 장. 바다를 배경으로 휠체어에 앉은 어머니와 아버지와 내가 있다. 모두 웃고 있다.

"온천, 즐거웠어."

"그랬죠."

"숙소를 못 잡으면 어쩌나 걱정스럽긴 했지만."

"그때는 정말 초조했어요."

"지금 돌이켜보면 왠지 우습구나."

"그렇죠."

"생선회, 맛있었지."

"또 가요."

"그래. 그런데 미안하구나……. 이젠 힘들지 싶어."

어머니의 그 말에 나는 아무 대답도 할 수 없었다.

어머니는 자학적이지도 않고 비장감도 없이 그저 무덤덤하게 힘들 것 같다고 말했다. 그 확신에 찬 말을 부정할 만한 말을 나는 갖고 있지 않았다.

"아버지는 안 올 모양이네."

침묵을 견딜 수 없어서 내가 말했다.

"그러게……."

"오시라고 말은 했는데. 무슨 시계를 고치고 온다나 뭐라나."

"그래……."

어머니가 소중히 아끼며 써온 손목시계. 내가 기억하는 한, 어머니에게는 그 손목시계밖에 없었던 것 같다. 찬찬히 생각해보면, 시계방 아내인데 참 이상한 얘기다.

"늘 차던 그 시계 말이지? 그 시계가 대체 뭐예요?"

"내가 처음 아버지한테 받은 선물."

"그랬구나."

"아버지가 수집한 앤티크 부품으로 조립해준 손목시계야."

"그런 것도 할 줄 아는 사람이었네."

"그런 것도 할 줄 아는 사람이었지."

어머니는 소녀처럼 살포시 웃고 말을 이었다.

"지난주에 아버지가 문병 왔을 때, 시계가 멎었다고 했더니 말없이 들고 가버렸어. 고칠 생각이었구나."

"그렇지만 하필 이럴 때 고칠 건 없잖아."

"괜찮아. 물론 네가 여기 있어주는 것도 기쁘지만, 사람의 애정이란 게 꼭 그런 표현 방식만 있는 건 아닐 때도 있으니까."

"그런가."

"그렇지."

그리고 이 대화를 마지막으로 어머니의 상태는 또다시 급변했고, 그로부터 한 시간 후에 세상을 떠났다.

나는 몇 번이나 시계방으로 전화를 걸었지만, 아버지는 병원에 오지 않았다.

아버지가 병원에 도착한 것은 어머니가 세상을 뜬 지 삼십 분이 지난 후였다.

손에는 어머니의 손목시계가 들려 있었다.

시계는 끝내 움직이지 않았다.

나는 아버지에게 욕설을 퍼부었다.

왜 하필이면 이럴 때.

어머니가 뭐라고 하든 나는 아버지의 논리를 이해할 수

없었다.

어머니가 영안실로 떠나고 난 병실에는 유난히 하얀 시트가 깔린 침대만이 그 흰 빛을 감당하지 못하겠다는 듯이 남아 있었다. 침대 옆에는 어머니의 손목시계가 놓여 있었다. 어머니가 늘 차고 다녔던 앤티크 손목시계. 흡사 어머니 몸의 일부처럼 보였던 그 손목시계는 완전히 생기를 잃어서 잡동사니처럼 보였다.

불현듯 그날 봤던 양상추의 빨간 목줄이 떠올라서 가슴이 미어졌다. 슬프고 안타깝고 무서워서 어떻게 해야 좋을지 알 수 없었다.

나는 천천히 그 손목시계를 가슴에 품고 혼자 오열했다.

그 후로 나는 아버지와 말을 하지 않았다.

아버지와 내가 틀어지게 된 이유는 지금 생각해도 잘 모르겠다.

원래는 사이좋은 세 가족이었을 것이다. 셋이 외식도 하러 나가고, 여행도 갔다.

다만, 아버지와 나는 특별한 이유도 없이 긴 세월 동안 그 관계의 뿌리를 썩혀나간 것 같은 기분이 든다.

가족이니까. 거기에 있는 게 마땅하고, 당연히 언제까지고 잘 지낼 수 있을 거라 믿어 의심치 않았다. 그렇게 생각하고, 서로의 말에 귀를 기울이지 않고, 자기의 정의만 계속 고집해왔다. 그러나 그것은 잘못이었다.

가족은 '있는' 것이 아니었다. 가족은 '만드는' 것이었다. 우리는 단지 피로 이어져 있을 뿐, 두 사람의 개인이었다. 그런데도 우리는 서로에게 응석을 부리고 또 부렸고, 정신을 차렸을 때는 이미 돌이킬 수 없는 지경까지 와버리고 말았다.

그래서 어머니가 병에 걸렸을 때도 우리는 변변히 의논을 하지 않았다. 둘 다 자기 사정과 주장을 밀어붙이며 자기들 생각만 했고, 어머니 생각을 하지 않았다. 어머니는 건강을 해칠 때까지 집안일을 계속했고, 나는 그것을 어렴풋이 알아챘음에도 불구하고 병원에 모시고 가지 않았다. 나는 집안일을 계속 시킨 아버지를 비난했고, 아버지는 어머니를 병원에 모시고 가지 않은 나를 비난했다.

급기야 마지막 순간, 나는 어머니 곁에 있는 것에 연연했고, 아버지는 시계를 고치는 데 연연했다. 우리는 어머니의 죽음을 사이에 두고도 끝끝내 하나가 될 수 없었다.

나는 달렸다. 정처 없이 무작정 달렸다. 양배추의 모습은 보이지 않았다.

정말 사라져버렸을까. 내가 양배추를 이 세상에서 없애 버린 걸까.

양배추, 이제 다시는 널 만날 수 없는 거니?

너의 그 보송보송한 온기도, 흔들리는 꼬리도, 도톰한 발바닥도, 콩닥콩닥 뛰는 심장의 고동도. 이제 더는 만질 수 없는 거니?

어머니, 양상추. 난 더 이상 홀로 남겨지고 싶지 않아요.

슬프고 안타깝고 괴로워서 눈물이 흘러나왔다. 나는 처참하게 다리를 버둥거리고 입을 헤벌리고 가쁜 숨을 토해 내며 쉬지 않고 달렸다. 달리고 또 달리다 급기야 머리가 깨질 듯이 아파서 쓰러지고 말았다. 차디찬 돌바닥. 그 위에서 볼썽사납게 이리저리 기었다.

이 돌바닥. 시선을 들자, 그곳은 사흘 전에 그녀와 만났던 광장이었다. 정신을 차려보니 어느새 옆 동네까지 와 있었다. 내가 노면전차로 삼십 분이 걸리는 거리를 전력을 다해 달려온 것을 알아차렸다. 이젠 틀렸을지도 모른다. 차디찬 돌바닥 감촉이 내게 가차없이 현실을 들이밀었다.

나는 이 세상에서 고양이를, 양배추를 없애버린 것이다.

야옹.

나지막한 소리가 들려온 것 같았다. 엉겁결에 일어섰다.

야옹. 또다시 나지막하게 들려오는 소리.

나는 소리가 들리는 쪽으로 달려갔다.

꿈일까 생시일까. 몽롱한 머릿속. 나는 납처럼 무거운 다리를 질질 끌며 달렸다.

야옹. 소리가 들리는 쪽으로.

정신을 차려보니 나는 벽돌 건물 앞에 서 있었다. 그 영화관이다.

야옹.

있다. 양배추가.

영화관 카운터 위에.

한가로이 기지개를 켜고, 평소처럼 살랑살랑 꼬리를 흔들며.

폴짝. 바닥으로 뛰어내렸다.

야옹.

내 쪽으로 다가왔다. 천천히.

나도 모르게 끌어안았다.

가슴 가득 느껴지는 보드라움. 포근하게 전해지는 온기. 생명.

"양배추……."

나는 눈물을 뚝뚝 흘리며 양배추를 끌어안았다.

양배추가 가르랑가르랑 목젖을 울렸다.

"다행이야."

정신을 차려보니 그녀가 있었다. 그렇지. 그녀는 이 영화관에 살고 있었다.

"갑자기 양배추가 찾아와서 깜짝 놀랐어."

"고마워. 정말 다행이야."

"또 눈물을 흘리네. 툭하면 우는 옛날 버릇은 여전하구나."

과거를 들먹이자, 나는 왠지 부끄러워져서 눈물을 훔치며 일어섰다.

"그건 그렇고, 이건 틀림없이 당신 어머니의 소행일 거야."

"무슨 소리야?"

그러자 그녀가 편지 한 통을 내게 건넸다.

내 앞으로 쓴 편지. 우표도 붙어 있었다. 소인은 없었다. 썼지만 부치지 못한 편지.

"당신 어머니한테 줄곧 맡아뒀어."

"어머니한테?"

"그래. 어머니가 입원했을 무렵에 문병하러 갔더니 맡기셨거든."

그녀가 어머니를 문병하러 왔던 사실을 몰랐기에 나는 놀랐다.

"어머님. 편지는 썼는데, 결국 못 보내셨대. 보내면 두 번다시 당신을 못 만날 것 같았나봐. 그렇다면서 앞으로 혹시 그 애가 정말로 괴로워하거나 고통스러워할 때가 오면 건네주라고 하셨어."

"그랬구나……."

"거절했었어, 난. 당신과도 이미 헤어졌으니까. 그런데 어머니가 꼭 그 애에게 건네주지 않아도 된다는 거야. 누군가 이 편지를 갖고 있는 것만으로도 충분하다면서. 그렇지만 오늘 양배추가 이리로 찾아오고, 당신이 우는 모습을 보니까, 아아 지금이구나 싶었지."

"지금?"

"당신이 정말로 괴롭거나 고통스러울 때."

"그렇군……."

"역시 당신 어머니는 최고네. 마법사 같아."

그러면서 그녀는 웃었다.

나는 영화관 로비 소파에 앉은 뒤 양배추를 무릎에 앉혔다. 그리고 천천히 신중하게 그 편지를 개봉했다.

'죽기 전에 하고 싶은 일 열 가지'

편지지 첫 장에는 큼지막하게(그러나 매우 아름다운 글씨체로) 그렇게 적혀 있었다.

나도 모르게 맥이 빠졌다. 모자가 똑같은 짓을 하다니. 나는 웃으며 두 번째 장을 보았다.

이제 내 생명은 얼마 남지 않았다고 생각합니다.

그래서 내가 죽기 전에 하고 싶은 일 열 가지를 생각해보기로 했습니다.

여행 가고 싶다, 맛있는 음식을 먹고 싶다, 멋 내고 싶다…… 이런저런 것들을 써내려가던 중에 나는 생각했습니다.

내가 죽기 전에 하고 싶은 게 정말 이런 것일까 하고.

그래서 다시 곰곰이 생각해보니 깨달은 게 있었습니다.

내가 죽을 때까지 하고 싶은 일들은 모두 당신을 위한 것이었습니다.

당신의 인생은 앞으로도 몇 년이나 계속되겠지요.

괴로운 일이나 슬픈 일도 많을 겁니다.

그래서 나는 당신이 앞으로 살아가면서 괴롭거나 슬퍼질 때, 그래도 앞을 바라보며 내일을 긍정적으로 살아갈 수 있도록 당신의 훌륭한 장점 열 가지를 알려주고자 합니다.

그리고 이것으로 나의 '죽기 전에 하고 싶은 일 열 가지'를 대신하려 합니다.

당신의 훌륭한 장점

당신은 남이 슬퍼할 때, 같이 울어줄 수 있다.

당신은 남이 기뻐할 때, 같이 기뻐해줄 수 있다.

그 귀여운 잠든 얼굴.

웃을 때 패는 조그만 보조개.

불안할 때, 무의식적으로 코를 만지는 그 버릇.

필요 이상으로 주위에 신경을 쓰는 그 성격.

내가 감기에 걸리면, 언제나 팔을 걷어붙이고 집안일을 돕는 당신.

내가 만든 요리를 정말로 맛있게 먹어주는 당신.

늘 걸핏하면 고민하고, 골똘히 생각에 잠겨버리는 당신.

그러나 고민하고 고민해서 마지막에는 올바른 대답을 낼

줄 아는 당신.

당신의 훌륭한 장점, 이것만큼은 잊지 말고 살아가길 바랍니다.

그것만 있으면 당신도 행복하고, 당신 주변 사람들도 틀림없이 행복할 테니까.

지금까지 고마웠어요. 그럼, 안녕.

언제까지나 당신의 훌륭한 장점이 고스란히 간직되길.

눈물이 편지 위로 뚝뚝 떨어졌다.

소중한 편지를 적시면 안 된다. 그런 생각에 필사적으로 눈물을 훔쳤지만, 눈물은 끝없이 흘러넘치며 편지를 적셨다. 어머니와의 추억이 눈물과 함께 흘러넘쳤다.

내가 감기에 걸리면 언제까지고 등을 문질러주시던 어머니.

유원지에서 미아가 된 내가 울고 있자, 허겁지겁 달려와 품에 꼭 안아준 어머니.

다른 애들처럼 화려한 도시락을 싸가고 싶다는 나를 위해 온종일 슈퍼마켓을 뒤지고 다니신 어머니.

잠버릇이 험한 나에게 늘 이불을 덮어주신 어머니.

내 옷만 사고, 당신 옷은 거의 사지 않았던 어머니.

달콤하고 맛있었던 계란말이.

언제나 모자라는 나를 위해 당신 몫을 내주었다.

생일날에 드린 어깨 마사지 쿠폰.

언제까지고 쓰려고 하지 않았다. "아까워서 못 쓰겠다"
고.

피아노를 사서 내가 좋아하는 곡을 늘 쳐주었다.

실력은 전혀 늘지 않았고, 매번 같은 데서 실수를 되풀이
했지만.

어머니.

자기의 취미 같은 게 있었을까? 자기 시간은 있었을까?

하고 싶은 일, 장래의 꿈, 그런 게 있었을까?

적어도 감사인사는 하고 싶었다. 고맙다고. 그러나 한마
디도 하지 못했다.

왠지 쑥스러워서 꽃 한 송이 사드리지 못했다.

왜? 왜 그런 간단한 것도 못했을까.

왜 머지않아 어머니가 이 세상에서 사라진다는 것을 그
때의 나는 상상할 수 없었을까.

"뭔가를 얻으려면, 뭔가를 잃어야겠지."

어머니의 말이 떠올랐다.

어머니, 난 죽고 싶지 않아. 죽는 게 두려워. 그래도 어머니의 말이 옳아.

뭔가를 가로채며 살아가는 건 훨씬 괴로워.

"나리, 이제 그만 우시옵소서."

난데없이 소리가 들려왔다. 정신을 차려보니 무릎 위에 동그랗게 몸을 옹크린 양배추가 나를 올려다보고 있었다.

갑작스러운 말에 놀라 당황한 나를 제지하듯 양배추가 말을 이었다.

"나리, 간단한 일이옵니다. 소인을 없애면 되옵니다."

"그건 안 돼, 양배추."

"소인은 나리가 계속 사시길 원하옵니다. 소인은 어차피 고양이 신세. 언젠가는 나리보다 먼저 죽게 될 몸. 게다가 앞으로 나리가 없는 세상에서 살아가는 건 괴롭기 그지없을 것이옵니다."

이날까지 살아오면서 고양이의 말에 눈물을 흘리게 될 줄은 꿈에도 몰랐다. 그러나 양배추가 일본어를 못 해서 야옹 하고 울었든 가르랑가르랑 목젖을 울렸든 그 마음은 필시 나에게 전해졌을 게 틀림없다. 한풀 누그러졌던 눈물이 또다시 솟구쳐 올랐다.

"제발 그만 우시옵소서. 지금까지 나리께서 없애온 것들에 비하면 소인 따윈 하찮은 존재이옵니다."

"그렇지 않아, 양배추. 절대 그렇지 않아."

세상에서 고양이가 사라진다면.

양상추가 양배추가 그리고 어머니가 사라진다면. 그런 상상을 하지 못했던 무지하고 어리석은 나. 그러나 지금은 안다. 세상에 뭔가가 존재하는 이유는 있어도 사라져야 할 이유는 전혀 없다는 것을.

나는 결심했다. 그리고 그 결심을 양배추는 분명 누구보다 잘 이해했다.

양배추는 한동안 침묵한 후 말문을 열었다.

"……나리의 마음은 잘 알겠사옵니다."

"고맙다."

"그럼 마지막으로."

"마지막으로?"

"눈을 감아주시옵소서."

"갑자기 무슨 소리야?"

"그냥 아무 말 말고, 눈을 감으시지요."

나는 천천히 눈을 감았다.

그러자 어둠 속에서 어머니의 모습이 나타났다.

그리운 기억. 그 무렵의 기억.

나는 어릴 때부터 툭하면 우는 아이였다. 그리고 좀처럼 울음을 그치지 않는 아이였다.

언제까지고 울고 있는 나에게 어머니는 자주 말했다.

"그대로 천천히 눈을 감아봐."

"왜?"

"그냥 해보라면 해봐."

나는 울면서 눈을 감았다. 슬픔이 검은 소용돌이가 되어 어둠 속을 빙글빙글 맴도는 것처럼 보였다.

"뭐가 느껴지니?"

"너무 슬퍼, 엄마."

나는 대답하고 천천히 눈을 떴다.

어머니는 내 눈을 바라보며 말을 이었다.

"그럼 이번에는 웃는 표정을 지어봐."

"그건 무리야."

"억지로라도 괜찮아."

마음과 몸의 균형이 어긋나서 좀처럼 웃어지질 않았다.

얼굴은 웃지만 마음은 슬픔에 사로잡혀서 눈물이 멈추지 않았기 때문이다.

천천히 해도 돼, 라는 어머니의 목소리에 힘을 얻은 나는 일 분가량이나 들여서 억지로 웃는 표정을 지었다.

"자 그럼, 천천히 다시 눈을 감아봐."

어머니의 재촉에 나는 천천히 눈을 감았다.

"어때? 뭐가 느껴지니?"

어둠 속에서 어머니의 목소리가 들려왔다.

억지로 웃는 얼굴로 눈을 감은 내 마음은 왜 그런지 평온했고, 검은 소용돌이는 더 이상 보이지 않았다. 그리고 암흑 속에서 아침 해가 떠오르듯 부드러운 크림색 햇살이 퍼져나갔다. 그 빛을 바라보고 있으니 내 마음은 차츰 따뜻해지고, 온화한 기분에 휩싸여갔다.

대단해. 마치 어머니의 마법에 걸린 기분이었다.

"어때?"

"응. 이젠 괜찮아."

"잘됐구나."

"엄마, 어떻게 한 거야?"

"비밀이야."

"뭔데, 그게?"

"일종의 마법 같은 거란다. 혹시라도 나중에 너 혼자서는 감당할 수 없이 슬플 때는 억지로라도 웃으며 눈을 감으면 돼. 똑같이 몇 번이고 해보면 돼."

양배추가 기억을 되살려준 어머니의 마법.

슬플 때는 언제나 어머니에게 걸어달라고 졸랐던 최고의 마법.

영화관 소파에 앉아서 나는 천천히 눈을 감았다. 눈물을 흘리면서. 그러면서도 억지로 웃는 표정을 지으면서.

그러자 내 마음은 따뜻하고 평온하게 가라앉았다.

어머니의 마법은 여전히 건재했다.

"고마워요, 어머니."

줄곧 하지 못했던 말. 줄곧 하고 싶었던 말.

나는 마침내 그 말을 할 수 있었다.

눈을 떴다.

무릎 위에 몸을 옹크리고 가르랑가르랑 목젖을 울리는 양배추.

"고마워, 양배추."

나는 양배추를 어루만졌다.

야옹.

양배추가 대답하듯 울었다.

야옹, 야옹야옹.

계속 울었다.

그 모습이 내게 뭔가를 필사적으로 전하는 것처럼 보였다. 그러나 더 이상 그 이상야릇한 시대극 말투는 들리지 않았다. 소인도, 하옵니다도, 나리도. 더 이상 들리지 않았다.

이제는 진짜 이별할 때가 온 것이다.

"인간이 고양이를 키우는 게 아니라 고양이가 인간의 곁에 있어줄 뿐이야."

어머니의 말이 떠올랐다.

마지막에 양배추와 얘기를 나눌 수 있어서 다행이었다. 그것도 어머니의 마법이었을지 모른다.

안녕, 양배추. 마지막까지 고맙다.

나는 그 뒤로 한참동안 어둑어둑해진 영화관 소파에 멍하니 앉아 있었다.

나는 양배추를 쓰다듬으며 천천히 편지를 다시 읽었다. 몇 번이고 되풀이해 읽었다. 그런데도 매번 마지막 대목에서 가슴이 먹먹해졌다. 가느다란 가시에 찔린 것처럼 가슴이 따끔따끔 저렸다. 이 아픔을 어떡하면 좋으냐고 묻고 싶어도 어머니는 이미 내 곁에 없다.

어떡해야 할까. 내게는 아직 마지막으로 해야 할 일이 남아 있었다.

그렇다, 편지 끝에는 이렇게 적혀 있었다.

당신의 아버지와 사이좋게 지내세요, 라고.

토요일
세상에서 내가 사라진다면

내가 과연 행복한가, 불행한가. 자기 자신은 잘 모른다.

다만, 한 가지 아는 건 있다.

자기가 어떻게 생각하느냐에 따라 사람은 얼마든지 행복하게도 불행하게도 될 수 있다는 것이다.

그런 의미에서 보면, 나는 최근 며칠간 더없이 불행하고 더없이 행복했다.

아침에 일어나자, 양배추가 내 옆에 잠들어 있었다.

보송보송한 감촉. 콩닥콩닥 뛰는 심장 소리.

고양이는 이 세상에서 사라지지 않았다.

그것은 요컨대 내가 이 세상에서 사라진다는 것을 의미

한다.

　세상에서 내가 사라진다면.

　상상해본다. 그것이 얼마나 불행한 일일까.

　인간인 이상, 누구나 언젠가는 죽는다. 치사율은 100퍼
센트다. 그렇게 보면, 죽음 이퀄 불행이라고 말할 수는 없
다. 그 죽음이 행복이냐 불행이냐는 어떻게 살아왔느냐는
문제와 연관되는 것이다.

　"뭔가를 얻으려면, 뭔가를 잃어야겠지."

　어머니의 말을 떠올렸다.

　나는 내 생명과 맞바꾸는 조건으로 이 세상에서 전화와
영화와 시계를 없앴다.

　그러나 고양이는 없앨 수 없었다.

　고양이 대신 자기 생명을 포기하다니, 바보 같은 남자라
고 여길지도 모른다.

　그 말이 맞다. 어리석기 짝이 없다. 하지만 나는 누군가
에게 뭔가를 가로채서 생명을 연장하는 걸 행복이라고 여
길 수는 없었다. 그것이 태양이든 바다든 공기든 고양이와
다를 게 하나도 없다고 생각했다. 그래서 나는 이 세상에서
뭔가를 없애는 일을 그만두기로 했다. 나는 나 나름대로 타

인보다 조금 짧게 주어진 나의 수명을 받아들이기로 한 것이다. 때문에 나는 머지않아 죽는다.

　어젯밤에 양배추와 내가 집으로 돌아오자 알로하가 기다리고 있었다.

　평상시와 다름없는 화려한 알로하셔츠에 반바지, 머리 위에는 여전히 선글라스. 처음에는 눈에 거슬렸지만, 그 차림새를 보면 왠지 안심이 되는 내가 있었다. 사람의 익숙함이란 꽤 무서운 것이다.

　"아, 진짜! 어디 갔었어요? 행방불명이라도 됐나 해서 엉겁결에 하느님께 문의할 뻔했잖아요……라나 뭐라나!"

　"죄송합니다."

　"……어라, 왠지 분위기가 평소랑은 좀…… 공격적이지 않으면 재미없는데."

　"죄송합니다."

　"……아뇨, 아뇨. 괜찮아요. 자 그럼, 당장 없애버릴까요, 저거."

　알로하가 양배추를 가리키며 쾌활하게 콧노래를 부르기 시작했다.

　"안 없앨 겁니다."

"오잉?"

"그러니까 고양이, 없애지 않는다고요."

"진짭니까?"

"진짭니다."

알로하의 놀란 얼굴을 보니, 나는 왠지 우스워서 웃고 말았다.

"뭐가 그리 웃깁니까? 죽는 거예요! 괜찮아요?"

"괜찮습니다. 난…… 더 이상 아무것도 없애지 않을 겁니다."

그 후로 알로하는 온갖 방법으로 나를 설득했다. 그러나 나의 결심은 견고했다. 이 세상에서 없앨 것은 더 이상 아무것도 없다.

"당신은 훨씬 오래 살 수 있을 텐데."

마침내 포기한 알로하가 안타까운 듯이 말했다.

"하지만 그냥 살기만 하는 건 의미가 없잖아요. 어떻게 사느냐에 의미가 있는 게 아닐까요."

알로하는 내 말을 듣고 입을 다물어버렸다.

"또…… 하느님에게 지고 말았군. 정말이지 인간이란 존재는……."

"왜 그러세요?"

"아니, 아니, 됐어요. 내가 졌어요. 자 그럼, 죽어주시죠!"

"꼭 그렇게까지 말할 건 없잖아요. 뭐 하긴, 곧 죽긴 하겠지만."

내가 웃었다. 알로하도 따라 웃었다.

"그나저나 이제 이별이군요."

"그렇군요."

"왠지 서운하네요."

"나도 서운해요. 당신, 꽤 재미있는 사람이었으니까."

"당신도 꽤 재미있는 악마였어요."

"또 입에 발린 소리."

"그런데…… 악마는 실제로는 어떤 모습을 하고 있나요?"

"알고 싶어요?"

"알고 싶어요."

"흐—음…… 뭐, 마지막이니 서비스로 알려드리지. 사실 내게는 모습 같은 건 없어요."

"그 말은?"

"악마라는 존재가 당신들 인간의 마음속에 있을 뿐이죠. 당신들이 그 마음속에 있는 악마라는 존재에 여러 가지 이미지를 그릴 뿐이에요. 제멋대로 말이죠. 시커멓고 송곳니

가 나고 창을 들고 있거나 때로는 용 모습으로 나타나기도
하죠. 그런가 하면 사람과 똑같은 모습이거나."

"과연."

"특히 창 같은 걸 든 디자인은 부디 자제해주면 좋겠어
요. 그런 건…… 격이 좀 떨어지잖아요?"

"아닌 게 아니라, 그건 좀 싫겠군요."

"싫죠―."

"역시."

"그러니까 나의 이 모습은 당신이 상상하는 악마의 모습
이에요. 당신의 마음속에 있는 악마는 분명 당신의 모습이
었다는 뜻이지."

"하지만 차림새나 성격은 완전히 달라요."

"그렇죠. 그 점이 포인트라고 생각해요. 말하자면 나는
당신이 살았을지도 모르는 인생의 상징이 아닐까 싶은데."

"그 말뜻은?"

"어쨌거나 밝고 아무 생각도 없고 화려한 옷을 입고. 하
고 싶은 건 뭐든 하고, 주위의 시선을 의식하지 않고, 하고
싶은 말은 다 해버리는 나."

"확실히 나와는 정반대군요."

"그래요. 숱하게 남은 당신의 자잘한 후회들, 이렇게 하

고 싶었는데, 저렇게 하고 싶었는데. 그것을 갈림길 삼아 반대로 살았다면 당신은 이런 모습일 거라는 뜻이 아닐까? 그러나 그것은 일종의 이상일지어다! 하긴 악마적인 건 그런 걸 테지. 되고 싶지만 될 수 없는 나. 자신과 가장 가깝고도 먼 존재. 그런 거 아닐까요?"

"나는 이렇게 하길 잘한 걸까요……."

"그걸 나한테 물으면 안 되지."

"죽을 때는 아무래도 후회하게 될까요?"

"틀림없이 하겠죠. 난 역시 살고 싶어! 악마를 다시 불러 줘! 라고 한다거나? 어쨌거나 인간은 선택한 인생에서 선택하지 않았던 인생 쪽을 바라보며 부러워하거나 후회하는 생물이니까."

"그 심정, 이해합니다."

"다만, 당신의 경우에는 단 하나 좋은 점은 있었다고 봐요. 아무 생각 없이 그저 당장 닥친 세상을 살아가는 일상과 그 세상을 지탱하는 수많은 상황과 신기한 구조에 관해 상상해본 뒤에 살아가는 일상은 분명히 크게 다르니까."

"하지만 나는 이제 곧 죽어요."

"그럴지도 모르죠. 그래도 당신은 마지막 순간에 소중한 사람이나 둘도 없이 귀한 것들을 깨달았고, 이 세상에서 살아가는 게 얼마나 근사한 일인지 알았어요. 자기가 사는 세상을 한 바퀴 돌아보고 새삼 다시 바라보는 세상은 설령 따분한 일상이었더라도 충분히 아름답다는 걸 깨달았어요. 그것만으로도 내가 찾아온 의미는 있었을지 모르지."

"내일 죽을지도 모른다고 생각하는 인간은 한정된 시간을 최선을 다해 살아간다."

일찍이 그렇게 말한 사람이 있었다.

그러나 나는 그건 거짓이라고 생각한다.

인간은 자기의 죽음을 자각한 순간부터 삶의 희망과 죽음에 대한 타협을 느슨하게 매듭지어갈 뿐이다. 수많은 자질구레한 후회와 이루지 못했던 꿈을 떠올리면서.

그러나 세상에서 뭔가를 없앨 수 있는 권리를 얻었던 나는 그 후회야말로 아름답다고 여기게 되었다. 그거야말로 내가 살아온 증거이기 때문이다.

내가 이 세상에서 뭔가를 없애는 일은 더 이상 없다.

어쩌면 죽는 순간에 후회할지도 모른다. 역시 고양이든 뭐든 없애고 생명을 연장하는 게 나았을 거라고. 하지만 난 그래도 좋다고 생각한다. 어차피 후회투성이인 인생이다.

나답게 살았어야 했을 인생을 살아가지 못한 인생.

이제껏 한 번도 나다움을 발견하지 못한 인생.

무수한 실패와 후회, 이루지 못한 꿈, 만나고 싶었던 사람, 먹고 싶었던 음식이나 가고 싶었던 장소. 나는 어쨌든 그런 것들을 수없이 끌어안고 죽어간다. 하지만 그래도 좋다. 나는 지금의 나로 좋다고 느낀다. 여기가 아닌 어딘가가 아니라 여기에 있길 잘했다고 지금은 느낀다.

생명이 얼마 남지 않은 나, 그 앞에 나타난 악마, 세상에서 뭔가를 없애는 대가로 부여받은 하루치 생명. 너무나 불가사의한 날들이었다.

하지만 이것은 흡사 아담과 이브 앞에 나타난 사과 같은 게 아니었을까. 이것은 하느님과 악마의 장엄한 내기의 연속이었을지도 모른다. 하느님이 물었던 것은 세상에서 사라지는 사물의 가치가 아니라 인간으로서의 나의 가치였던 것이다.

하느님은 일찍이 월요일부터 토요일에 걸쳐 세상을 창조해냈다. 나는 그 세상에서 사물을 하나씩 없애나갔다. 그러나 나는 차마 고양이를 없앨 수 없어서 나 자신을 없애기로 결정한 것이다. 그리고 내일, 일요일. 나의 안식일이 찾아온다.

"나는 분명 마지막 순간에 이 세상에 의문을 품었고, 그리고 확인할 수 있었습니다. 내게 주어진 사물과 사람과 시간, 당연하게 여겼던 그것들이야말로 나 자신을 상징하고 나답게 만드는 것임을 알았습니다."

"그건 근사하군. 단 하나 확실한 건 지금 그것을 깨달은 당신은 행복하다는 겁니다."

"좀 더 일찍 알았으면 좋았겠다 싶긴 합니다만."

"그렇죠. 하지만 앞으로 얼마나 살 수 있는지는 아무도 몰라요. 앞으로 며칠일지도 모르고, 앞으로 몇 달일지도 몰라요. 모든 인간에게 수명은 미지의 대상이니까."

"분명 그렇죠."

"그러니 늦거나 빠른 건 없지 않겠어요?"

"제법 멋진 말이군요."

"그렇죠? 마지막이니 살짝궁 서비스! 흠, 벌써 시간이 다 됐군. 안녕―."

알로하는 꽤나 가볍게 작별인사를 건네고, 윙크(라고는 해도 두 눈을 감았지만)를 했다. 그리고 정신을 차려보니 내 앞에서 이미 사라지고 없었다.

양배추가 서운한 듯이 야옹 하고 울었다.

그 후 나는 신변을 정리하기 시작했다. 죽음에 대한 준비다.

나는 맨 먼저 집을 치우고, 물건들을 버리기로 했다.

부끄러운 일기, 유행에 뒤처진 양복, 살짝 야한 DVD, 소중한 편지, 언제까지고 버리지 못했던 그녀의 옛날 사진. 나타났다 사라지는 내 인생의 단편들.

이것들을 없앴다면, 알로하가 생명을 연장해줬을까. 그런 생각이 머릿속을 스쳐 지나갔다. 그런데도 후회는 없었다. '더 이상 없애지 않아도 된다'는 압도적인 안도감이 나를 감싸고 있었다.

물건들을 버리며 추억에 잠기다 보니(게다가 양배추의 숱한 방해까지 받아서), 정리가 끝났을 때는 저녁 무렵이 되어 있었다.

창으로 비쳐든 오렌지빛 노을이 책상 위에 덩그러니 놓여 있는 조그만 철제 상자를 비췄다. 옷장 가장 깊은 곳에서 찾아낸 그 상자. 낡고 빛바랜 과자 상자. 나의 보물 상자.

나는 상자를 가만히 바라보았다. 그 속에 내 보물이 들어 있었다. 아니, 사실은 그 존재조차 오늘까지 까맣게 잊고 있었다. 더 이상 보물이라고는 할 수 없을지도 모른다.

인간은 보물을 간단히 잡동사니로 바꾸는 능력이 있다.

제아무리 소중한 선물도 사랑스러운 편지도 아름다운 추억도 결국은 잡동사니가 되어 잊히고 만다. 나 또한 그 보물을 그 추억과 함께 봉인했던 것이다.

도저히 그 상자를 열 수 없어서 나는 집 밖으로 나오기로 했다.

집에서 나온 내가 향한 곳은 장례식장이었다.

나의 장례식을 내 손으로 예약하기로 한 것이다.

마을 한 귀퉁이에 자리한 그곳은 매우 세련된 식장을 갖추고 있어서 이 사업의 호경기를 짐작케 해주었다.

장례식장의 영업사원(장례인데 영업사원이라고 불러도 될까?)과 장례 절차를 상담했다. 영업사원은 내가 처한 상황에 지극히 담담하게 이해를 표명했고, 또한 지극히 담담하게 요금 이야기를 꺼냈다. 그것은 이런 종류의 직업을 가진 사람들의 특유한 말투겠지.

제단, 관, 꽃, 영정 사진, 납골함, 위패, 영구차에서 화장까지 합계 백오십만 엔. 그것이 나를 매장하는 데 필요한 가격이다. 나는 자신의 죽음에 스스로 가격을 매겨 나갔다. 시신의 코를 막는 데 쓰는 흰 면부터 관에 넣을 드라이아이스까지 사무적인 의논을 이어갔다.

내 사체의 부패를 막기 위한 드라이아이스 가격은 하루에 팔천사백 엔. 참으로 우스꽝스러운 얘기였다. 제단에도 관에도 영정에도 하나부터 열까지 등급이 있었고, 세세하게 가격이 매겨져 있었다. 죽어서까지 등급이 매겨지다니, 인간은 끝까지 고단한 존재라는 생각이 들었다.

천연목재, 합판, 조각 세공, 스웨이드 톤, 옻칠. 오만 엔에서 백만 엔까지.

관이 즐비한 어스름한 실내를 안내받으며 나는 그 속에 담길 자신의 모습을 상상했다.

나의 장례식.

내 머리맡에 모여드는 이들은 어떤 사람들일까.

옛 친구, 옛 애인, 친척, 교사, 동료들.

그중에서 나의 죽음을 진심으로 슬퍼해주는 사람은 몇이나 될까.

데이트나 일을 취소해야 해서 솔직히 귀찮게 여기는 무리도 있겠지.

그리고 그들은 내 머리맡에서 내 인생에 관해 어떻게 얘기할까.

유쾌한 녀석이었다, 흐리터분한 녀석이었다, 의외로 성

격이 급한 녀석이었다, 인기 없는 녀석이었다······.

그들은 나에 관해 어떤 추억 얘기를 주고받을까.

그때 나는 깨달았다. 내가 그들에게 무엇을 주고 무엇을 남겼는가를.

내가 알 수 없는 그 순간을 위해 지금껏 살아왔다는 것을.

삼십 년이나 살아오면서 나는 이제야 비로소 그것을 알아차린다.

죽 늘어선 관을 앞에 두고 난생처음 알아챈 것이다.

내가 존재한 세상과 존재하지 않았던 세상. 거기에 있을 미세한 차이.

거기에서 생겨난 작디작은 '차이'야말로 내가 살아온 '증거'인 것이다.

그리고 나는 완전히 텅 비어버린 집으로 돌아왔다.

돌아오자마자 "애타게 기다렸사옵니다"라고 말하듯 양배추가 다가와 야옹야옹 울었다. 너무 오래 빈집을 지키게 해서 언짢은 기색이다. 그럴 것 같아서 나는 상점가 생선가게에서 사온 참치를 접시에 올려주었다.

"역시 나리는 제 마음을 잘 헤아리시옵니다!"라고 말하듯 양배추가 나지막이 가르릉거린 후, 우적우적 참치를 먹기 시작했다.

양배추가 참치에 정신이 팔린 사이, 나는 책상 위에 놓여 있던 과자 상자를 손에 들었다. 그리고 꽤 오랫동안 그 상자를 바라보다 살며시 뚜껑을 열었다.

거기에는 어린 날의 내 꿈이 들어 있었다.

어릴 때부터 가슴이 갑갑해질 정도로 하염없이 바라봤던 직사각형의 꿈.

온갖 색깔의 우표. 다양한 나라의 다양한 우표.

기억이 순식간에 되살아났다.

그것은 아버지와의 추억이었다.

어린 시절, 아버지가 올림픽 기념우표 시트를 사다주었다. 작고, 컬러풀하고, 그러나 쓰기에는 아까운 그런 느낌이 이루 말할 수 없이 좋았다.

아버지는 기회가 있을 때마다 나에게 우표를 선물해주었다. 큰 우표, 작은 우표. 일본 우표, 외국 우표. 과묵한 아버지였기에 그 우표 선물이 나와 아버지의 유일한 '대화'였다. 신기하게도 아버지가 어떤 우표를 선물해주느냐에 따라 지금 아버지가 무슨 생각을 하는지 알 것 같은 기분이

들곤 했다.

내가 초등학생 무렵, 아버지가 친구들과 유럽 여행을 간 적이 있었다.

그곳 여행지에서 내 앞으로 엽서가 왔다. 그 엽서에는 크고 컬러풀한 우표가 붙어 있었다. 하품을 하는 고양이 우표였다. 나는 무심코 웃고 말았다. 마치 양상추처럼 생긴 고양이였기 때문이다. 그것은 아버지의 몇 안 되는 장난 중 하나였다. 나는 매우 기뻐하며 그 엽서를 물에 하룻밤 담가 뒀다 우표를 떼어내기로 했다.

그날 밤, 나는 잠을 이룰 수 없었다.

아버지가 파리의 길모퉁이에서 고양이 우표를 발견한다. 아버지는 서툰 프랑스어로 그 우표와 그림엽서를 사고, 가까운 카페에서 내 앞으로 엽서를 쓴다. 우표를 붙이고 노란색 우체통에 넣는다. 우체통에 담긴 엽서는 우편배달부에게 회수되고, 파리의 우체국에서 공항으로 향한다. 그리고 비행기에 실려 일본에 도착하고 우리 마을로 배달된다. 그 긴 여정을 상상하는 것만으로도 가슴이 두근두근 뛰어서 잠을 이룰 수가 없었다.

나는 기억을 떠올렸다. 이것이 좋아서 우편배달부 일을

시작한 것이다.

우표를 바라보았다. 온갖 색깔의 우표. 다양한 나라의 다양한 우표.

거기에 그려 있는 각양각색의 사람과 물건들. 그 모든 게 사랑스럽게 느껴졌다.

내가 없애버렸을 수도 있는 것들. 이것들이 사라져도 세상은 변하지 않을지 모른다.

그러나 그 모든 것들이 이 세상을 지탱하고 있다.

나는 그 조그만 종잇조각을 만지며 생각했다.

우표를 붙여서 보낸다. 소식을 전한다. 그것은 분명 따뜻한 숨결. 불어넣으면 넣을수록 자기 자신도 따뜻해진다. 상대에게 전한 마음은 나를 이끌어준다. 따뜻하고 고요하고 행복한 장소로.

언젠가 또 그곳에서 만나자.

그래. 편지를 써야 해. 앞으로 남은 시간에.

내 안에 잠든 무수한 말. 빠뜨린 인사. 전하지 못한 마음.

다 쏟아내고 그 모두에 우표를 붙이자.

그 우표는 이윽고 꽃잎처럼 흩어지며 나의 마지막 순간을 장식해줄 것이다.

봉투에 넣고, 우표를 고른다.

축제.

말.

체조하는 사람.

하트.

우키요에(*에도시대에 성행한 유녀나 연극을 다룬 풍속화).

바다.

피아노, 자동차, 무용수, 꽃밭, 위인들, 비행기, 무당벌레, 사막, 하품하는 고양이.

마지막 순간. 자리에 누워 눈을 감은 나.

모든 게 빙글빙글, 내 위에서 빙글빙글 맴돈다. 착신음은 따릉따릉 울리고, 스크린에는 「라임라이트」가 걸리고, 시곗바늘은 움직이기 시작한다. 그리고 '하나─둘─셋' 소리에 하늘로 날아가는 우표들.

빨강, 파랑, 노랑, 초록, 보라, 하양, 핑크.

형형색색의 봉투에 담겨져 날아간다. 구름 한 점 없이 맑고 투명한 하늘 한가운데로.

그리고 나는 조용히 숨을 거둔다.

수많은 우표를 앞에 두고, 더없이 불행한 상황에서 더없이 행복한 정경을 그리며, 나는 홀로 살며시 미소를 지었다.

그리고 내가 지금부터 쓰는 편지. 그건 분명 유서겠지.

그런데 과연 누구에게 써야 할까.

양배추가 야옹 하고 울며 다가왔다.

나는 결정했다. 맨 먼저 편지를 보낼 사람은 양배추를 맡길 사람으로 하기로.

그렇다면 그 사람밖에 없다. 그 사람밖에 없는 것이다.

대답은 꽤 오래 전에 나와 있었다. 하지만 줄곧 인정할수가 없었다.

어머니가 양배추를 주워온 날.

나는 반대했다.

언젠가 그 고양이가 죽으면, 어머니는 또다시 힘들어진다. 쓰라린 아픔을 겪는다. 또다시 쓸데없는 슬픔이 닥쳐온다. 그런 생각에 고양이 키우는 걸 반대했다.

그런데 아버지는 달랐다.

"키워도 돼."

그렇게 단언했다.

"인간이든 고양이든 언젠가는 죽어. 그걸 알았으니 다음번엔 괜찮아."

실은 나는 알고 있었다. 아버지가 누구보다도 어머니를

걱정한다는 것을. 그리고 아버지가 누구보다도 양상추를 귀여워했던 것을. 그랬기에 나는 아버지가 가장 반대할 줄 알았던 것이다.

그러나 아니었다. 아버지는 언제나 바른 말을 하는 사람이었다. 그러나 나는 그 올곧음이 싫었던 것 같다.

아버지의 말을 듣고, 나는 입을 다물어버렸다. 그러자 새끼고양이가 야옹 하고 울더니 아버지 쪽으로 아장아장 걸어갔다. 아버지는 새끼고양이를 안아 올렸다. 양상추를 늘 그렇게 안았듯이.

그 모습을 보고 어머니는 기쁜 듯이 웃었다.

어머니를 보고, 아버지가 조금 쑥스러워하며 말했다.

"요 녀석, 양상추를 꼭 빼닮았네."

"정말 똑같죠."

"그럼, 이름은 양배추로 지어야겠군."

그렇게 말한 아버지는 왠지 멋쩍어졌는지 부리나케 가게 책상으로 돌아가 시계를 수리하기 시작했다.

그렇다, 양배추의 이름을 지은 사람은 아버지였다.

양배추를 맡길 곳은 아버지밖에 없는 것이다.

그래서 나는 편지를 쓰기 시작했다.

아버지에게 보내는 처음이자 마지막 편지를.

길고 긴 유서가 될 것 같다.

그러나 아버지에게 꼭 전해야 할 얘기가 많다.

이 불가사의한 며칠간의 일.

어머니에 관한 얘기.

양배추에 관한 얘기.

사실은 줄곧 하고 싶었던 말.

나의 얘기를.

나는 하얀 편지지를 책상에 올려놓고 펜을 들었다.

그리고 맨 위에 썼다.

아버지에게——

일요일
세상이여, 안녕

아침이 왔다.

눈앞에는 방금 다 쓴 편지가 놓여 있다.

화장실도 안 가고, 물도 안 마시고, 도중에 양배추에게 수없이 밟히고 훼방을 당하면서도 가까스로 써냈다.

그 편지를 큼지막한 봉투에 넣고, 거기에 붙일 우표를 골랐다.

과자 상자에 들어 있던 수많은 우표. 형형색색의 우표. 다양한 나라의 다양한 우표.

그중에서 잠든 고양이 우표를 골라 편지봉투에 살며시 붙였다.

나는 양배추를 데리고 집을 나섰다.

아직은 쌀쌀한 이른 아침의 언덕길을 천천히 내려가 근처 우체통 앞에까지 갔다.

눈앞에 있는 빨간 우체통이 큰 입을 쩍 벌리고, 내 유서를 기다리고 있었다.

나는 지금 아버지에게 편지를 보낸다.

이 편지는 아버지에게 도착한다.

아버지는 편지를 읽는다.

그리고 아버지는 마침내 내 마음을 알게 된다.

완벽한 결말이다. 그렇다, 완벽할 게 틀림없었다.

그런데 그렇게 생각할 수가 없었다.

뭔가가 잘못되었다. 우체통의 커다란 입을 멍하니 바라보는데 그런 기분이 들었다.

다음 순간, 나는 발길을 돌려 양배추를 품에 안고 언덕길을 뛰어올라갔다.

허둥지둥 집으로 돌아온 나는 가쁜 숨을 몰아쉬며 옷장에서 옷을 꺼냈다.

하얀 와이셔츠에 스트라이프 넥타이. 차콜 그레이 양복.

우편배달부의 제복.

그 제복으로 갈아입으며 나는 곁눈질로 거울을 보았다.

거울에 비친 내 모습.

우편배달부의 제복을 입은 내가 시계를 고치는 아버지의 모습과 겹쳐졌다.

어느새 아버지와 똑같아져 있었다.

얼굴도 목소리도 몸짓도. 그렇게 싫었던 아버지와 똑같아져 있었다.

언제나 등을 구부정하게 숙이고 시계를 고치던 아버지, 영화관 안에서 겁에 질린 내 손을 꽉 잡아주었던 아버지, 우표를 사다준 아버지, 조그만 양배추를 기쁜 듯이 안아 올렸던 아버지, 온천 거리를 내달리던 아버지, 어머니 장례식 때 남몰래 혼자 눈물을 흘렸던 아버지.

그날.

내가 집에서 나오던 날.

텅 빈 내 방에 덩그러니 놓여 있었던 과자 상자.

아버지가 놔둔 보물 상자.

그때 아버지는 분명히 손을 내밀었다.

나는 그저 그 손만 잡았으면 됐다.

어릴 때 영화관에서 그 손을 잡았던 것처럼 그저 잡기만 하면 됐던 것이다.

아버지——.

나는 줄곧 아버지를 만나고 싶었다.

만나서 미안하다고 말하고, 고맙다고 말하고, 작별인사
를 하고 싶었다.

눈물이 흘러내렸다.

나는 제복 소매로 눈물을 훔치고, 편지를 가방에 넣은 후,
집에서 튀어나왔다.

쿵쿵 소리를 울리며 아파트 계단을 뛰어내려와 계단 밑
에 세워둔 자전거에 올라타고, 양배추를 바구니에 태우고,
페달을 밟으며 언덕길을 올라갔다.

페달이 무겁다. 끼익끼익, 낡은 자전거가 삐걱거린다. 눈
물과 땀으로 범벅이 되어 얼굴이 엉망이다. 그런데도 나는
페달을 밟고 또 밟으며 언덕 위에 도착했다.

바람이 불어왔다.

구름이 걷히고, 봄기운을 느끼게 해주는 포근한 햇살이
나를 휘감았다.

바람을 맞은 양배추가 기분이 좋은 듯이 야옹 하고 울었
다.

눈 아래로 펼쳐진 군청색 바다. 만을 사이에 낀 반대편이

아버지가 사는 동네다.

늘 언덕 위에서 바라보던 그 동네.

이렇게 가까이 있는데도 줄곧 가지 못했던 동네.

나는 지금 간다. 옆 동네에 사는 아버지에게 간다.

페달을 힘껏 밟으며 언덕길을 내려갔다.

점점 속도가 붙었다.

그 동네가 가까워졌다.

이 세상의 무수한 존재들은 아주 간단히 소중한 보물도 쓸모없는 잡동사니도 될 수 있다. 그것을 결정하는 주체는 '가치'라는 개념을 만든 인간이다. 그리고 그 판단은 대상과 관계하는 개개인의 태도나 성격이 필연적인 영향을 미치게 마련이므로 지극히 주관적이며 심지어 변덕스럽기까지 하다. 결국 '가치'는 각자의 선택에 달린 문제라고 볼 수도 있다. 『세상에서 고양이가 사라진다면』은 인간의 이런 '가치'와 '판단'에 관한 문제를 희극적인 가벼운 터치로 그려낸 작품이다. 그러면서도 그 속에 감춰진 작가의 진정한 의도는 개개인의 주관을 넘어서는 객관적이고도 보편타당한 '가치'에 관해 잠시 되돌아보고 사색할 기회를 제공하는

데 있는 것 같다.

　어느 날 갑자기 시한부 선고를 받는 주인공, 그 앞에 나타난 부담스러울 정도로 화려하고 쾌활한 악마, 하루의 연명을 위해 세상에서 뭔가 하나를 없애야 한다는 비현실적인 거래, 그리고 잇달아 사라져가는 전화, 영화, 시계 그리고 난데없이 말을 하는 고양이……. 죽음을 눈앞에 둔 절박한 상황에서 더없이 경쾌하고 발랄한 이런 판타지적 설정과 전개가 과연 적절한가를 두고 독자의 평가는 엇갈릴 수 있을 것이다. 그 평가 역시 철저하게 개개인의 선택의 문제일 테니까. 그러나 비극을 연기할 줄 알아야 비로소 희극을 할 수 있다는 채플린의 말에서 엿볼 수 있듯이, 무거운 주제는 진지하게 다뤄야 한다는 선입견 또한 일종의 강박일 수 있다. 때문에 고정된 틀에서 벗어나 다른 방식의 소통을 시도한 작가의 도전이 신선하게 해석될 여지는 충분하다. 그래서일까, '감동적인 인생철학 엔터테인먼트' '머리로 생각하지 않고 느끼는 대로 쓴 이야기' '가벼우면서도 깊고, 웃음이 터져 나오면서도 애절한 책'이라는 기존의 서평들은 설득력을 가진다.

　그럼, 앞에서 말한 악마와의 황당한 거래로 세상에서 사라지는 것들을 잠깐 살펴보자. 맨 처음 없애는 대상은 전화인데, 이는 문명과 과학기술의 상징이다. 인간이 그로부터 얻은 놀라운 혜택은 실은 더없이 소중한 무언가의 상실과 맞바꾼 결과물임을 시사한다. 두 번째로 없애는 영화는 문화의 상징이다. 우리는 철학, 사상, 문학, 예술, 법률과 같은 인간 고유의 문화적 창조물에 둘러싸인 환경에 놓여 있고, 그 속에서 살아간다. 인간의 삶에서 이런 문화를 걷어낸다면 과연 어떤 세상이 도래할까? 일종의 사고실험인 셈이다. 세 번째로 시계를 없애는데, 이는 '시간', 즉 '과거, 현재, 미래'이며 나아가 시간의 단편들로 아로새겨진 '기억'을 의미한다. 인간은 '시간'이 있기에 행복했던 과거의 한때를 그리워하고, 다가올 미래의 죽음을 상상하며 두려워한다. 그러나 '시간' 개념이 없는 고양이에게는 그리워할 과거도 두려워할 미래도 존재하지 않는다. 그저 자기답게 매 순간을 충실히 살아갈 뿐이다. 악마는 바로 이런 고양이를 네 번째로 없앨 대상으로 지목하는데, 이는 '나'의 존재의 기반인 '관계'이자 '삶의 의미'를 상징한다. 인간은 타자와의 '관계' 속에서 비로소 살아가는 의미를 발견해낼 수 있는 존재다. 때문에 주인공은 '고양이', 즉 자기 존재의 근간이자 바탕을 부정하고 지워버리는 제안에 동의할 수 없다. 그것은 곧 '나'의 소멸이기 때문이다.

결국 이 책은 '죽음'을 주제로 하면서도 '삶'을 이야기하고, 잇달아 뭔가를 소멸시키지만 동시에 우리의 내면에서는 까맣게 잊고 지냈던 소중한 가치들을 되살려낸다. 요컨대 이 책은 재생의 이야기이며, 세상에 대한 부정이 아니라 긍정과 화합을 도모하는 손짓으로 해석할 수 있다. 작가는 악마의 입을 통해 다음과 같이 말한다. "당신은 마지막 순간에 소중한 사람이나 둘도 없이 귀한 것들을 깨달았고, 이 세상에서 살아가는 게 얼마나 근사한 일인지 알았어요. 자기가 사는 세상을 한 바퀴 돌아보고 새삼 다시 바라보는 세상은 설령 따분한 일상이었더라도 충분히 아름답다는 걸 깨달았어요. 그것만으로도 내가 찾아온 의미는 있었을지 모르지." 이것이 바로 작가가 우리에게 보낸 악마의 사명이었다. 진정으로 뛰어난 희극은 웃음 뒤에 그냥 웃고 지나칠 수만은 없는 무언가를 남긴다. 그런 의미에서는 이 작품이 뛰어난 희극이라고 말할 수 있을 것 같다.

시대마다 고유한 질병이 있다고 한다. 우리 현대인은 자기 자신을 스스로 노예처럼 과잉 착취하는 시대에 살고 있다. 누가 등을 떠민 것도 아닌데, 스스로 자기의 감시자가 되어 몰아붙인다. 그로 인해 사색적인 삶은 감쪽같이 자취를 감췄고, 코앞까지 육박해온 '소진'은 우리를 위협한다.

이는 어느 날 갑자기 말기암 선고를 받는 주인공의 상황과 똑같을지 모른다. 그냥 사는 것은 의미가 없다. 어떻게 사느냐에 의미가 있다. 남들의 잣대에 맞춘 외적인 것들, 현상적인 것들, 그럴 듯하게 보이는 것들을 추구하는 무의미한 궤도에서 벗어나 가끔은 내 삶의 '고양이'가 무엇인지 질문하는 태도야말로 참다운 느리게 살기가 아닐까.

이영미

세상에서
고양이가
사라진다면

1판 1쇄 발행 2022년 6월 10일
1판 3쇄 발행 2024년 12월 26일

저　　　자 가와무라 겐키
옮　긴　이 이영미
발　행　인 유재옥

이　　　사 조병권
출판본부장 박광운
편 집 1 팀 박광운
편 집 2 팀 정영길 조찬희 박치우
편 집 3 팀 오준영 이소의 권진영 정지원
디자인랩팀 김보라 이민서
콘텐츠기획팀 박상섭 강선화
디지털사업팀 김경태 김지연 윤희진
라이츠사업팀 김정미 이윤서
영업마케팅팀 최원석 윤아림 이다은
물　류　팀 허석용 백철기
경영지원팀 최정연
발　행　처 (주)소미미디어
인쇄제작처 코리아피앤피
등　　　록 제2015-000008호
주　　　소 서울시 마포구 토정로 222, 502호(신수동, 한국출판콘텐츠센터)
판　　　매 (주)소미미디어
전　　　화 편집부 (070)4260-1393, (070)4260-1391 기획실 (02)567-3388
　　　　　 판매 및 마케팅 (070)8822-2301, Fax (02)322-7665

ISBN 979-11-384-1072-4 03830